maestro of detective

maestro of detective

Чингиз Абдуллаев

Дронго безжалостен, или Окончательный диагноз

ЭКСМО
МОСКВА
2012

УДК 82-3
ББК 84(2Рос-Рус)6-4
А 13

Ранее книга выходила под названием
«Смерть над Атлантикой»

Оформление серии *А. Саукова*

Абдуллаев Ч. А.

А 13 Дронго безжалостен, или Окончательный диагноз / Чингиз Абдуллаев. — М. : Эксмо, 2012. — 320 с. — (Маэстро детектива Чингиз Абдуллаев).

ISBN 978-5-699-54734-0

Смерть таких выдающихся людей, как академик Глушков, — всегда явление заметное. А если уж она была насильственной, то сразу попадает в центр внимания ФСБ. Однако даже лучшие сотрудники службы не в силах выявить мотивы преступления. Они не могут понять, кому мог помешать безобидный ученый, кристально честный человек, не имевший врагов. Следствие заходит в окончательный тупик, когда вслед за Глушковым загадочным образом гибнет его сосед по даче. Вопросы, вопросы... В конце концов руководство ФСБ признает, что ответить на них может лишь один человек — знаменитый эксперт Дронго...

УДК 82-3
ББК 84(2Рос-Рус)6-4

ISBN 978-5-699-54734-0

ОКОНЧАТЕЛЬНЫЙ ДИАГНОЗ

Повесть

Анализ есть нравственное трупорассечение: он действует не иначе, как разрушая.

Пьер Буаст

ГЛАВА 1

Они играли в шахматы. В их паре уже много лет во всем, что касалось работы, ведущим был Дронго. Именно за ним приоритет признавали не только его ближайший друг и теперешний напарник Эдгар Вейдеманис, но и все остальные друзья и знакомые, с которыми ему приходилось общаться. Однако, несмотря на аналитический склад ума и умение распутывать самые хитроумные преступления, Дронго довольно часто и до обидного глупо проигрывал другу. Правда, сражался он до последнего, но, как правило, уступал более терпеливому и расчетливому Вейдеманису. Проиграв в очередной раз, Дронго усмехнулся:

— Очевидно, у меня отсутствует рациональное мышление.

— Нет, — возразил великодушный Эдгар, — у тебя просто не шахматный склад ума. Каждый основывается на своих особенностях. Ты умеешь распутывать преступления, а кто-то другой играет лучше тебя в шахматы. По-моему, все правильно, иначе вместо Эркюля Пуаро и Шерлока Холмса лучшими сыщиками были бы Ласкер и Стейниц.

— Ты меня не успокаивай, — возразил Дронго, поднимаясь из-за стола, — между прочим, я дважды играл с самим чемпионом мира по шахматам. И вообще мы земляки с Гарри Каспаровым.

— Ты с ним играл? — удивился Вейдеманис. — Почему ты никогда мне об этом не рассказывал?

— Именно поэтому и не рассказывал. Однажды меня пригласили во Дворец пионеров играть за сборную школы. А там был маленький мальчик, младше меня на несколько лет. И он так быстро меня обыграл, что я тихо попросил его сыграть еще одну партию. Мальчик согласился и снова выиграл. Вот так я дважды проиграл самому Каспарову. И с тех пор играю гораздо хуже его.

Вейдеманис улыбнулся. Он вообще редко улыбался и не отличался многословием. Высшей похвалой со стороны Эдгара было негромкое покашливание, которое могло означать как одобрение, так и неодобрение, в зависимости от тембра звука и частоты его «кхе-кхе». Вот и сейчас он улыбнулся, но промолчал. Оба не могли и предположить, что уже через минуту начнут развертываться события, которые заставят Дронго изменить планы и заняться расследованием двух убийств, которые вскоре выльются в один из самых громких скандалов за все время его расследований.

Дронго взглянул на шахматную доску еще раз. Спасения не было, Вейдеманис обыграл его по всем позициям. И никакая защита уже не могла помочь. Он отвел глаза, разочарованно вздохнув, и в этот момент его внимание привлек телевизионный ведущий. Затем на экране появилась фотография бывшего вице-премьера правительства, академика, доктора наук, лауреата множества премий. Диктор перечислял его звания и заслуги. Дронго увеличил громкость. Ведущий объявил о смерти вице-премьера, не уточнив, как именно это произошло. Дронго и Вейдеманис переглянулись. Погибшему было пятьдесят восемь лет, и он не был похож на больного человека. К тому же в сообщении ничего не говорилось о его болезни. Диктор перешел к другим новостям. Дронго приглушил звук и мрачно взглянул на друга.

— Странно, — произнес он, задумчиво глядя на экран телевизора, — когда о смерти говорят подобным образом, это всегда кажется странным. Как он умер? Погиб в автомобильной катастрофе? Упал с балкона? Отравился консервами? О таких вещах нужно сообщать более точные сведения, чтобы не порождать слухи. Тем более когда умирает такой известный человек.

— Наверное, погиб в автомобильной аварии, — предположил Эдгар. — Может быть, об этой аварии они не хотят рассказывать. Иногда такое случается. Может, он сидел за рулем и сам виноват в случившемся.

— В таком случае они бы сказали, что он погиб в автомобильной катастрофе, — возразил Дронго. — Сейчас журналисты любят обрушивать на слушателей подобные новости, поэтому никогда бы не упустили случая рассказать об этом более подробно. Сейчас мы переключимся на другой канал и послушаем, что там скажут о смерти бывшего вице-премьера.

— Посмотрим, — проворчал Вейдеманис. Дронго нажал на кнопку пульта. Минут через сорок началась программа новостей на другом канале. И уже в начале программы ведущий сообщил о гибели бывшего вице-премьера. Перечислялись его научные заслуги и звания, но снова ничего не было сказано об обстоятельствах смерти. Дронго взглянул на Эдгара.

— Идентичный текст, — пробормотал Вейдеманис, — словно под копирку. Сообщение о смерти передавалось из одного центра. Там не было журналистов...

— Или их не пустили, — предположил Дронго. — Интересно, где он погиб?

И словно в ответ на его вопрос раздался звонок в дверь. Они посмотрели друг на друга. В элитном доме, где находилась квартира Дронго, была собственная охрана. Но никто из охранников не позвонил, чтобы предупредить Дронго, что к нему идет гость. А если этот человек сумел пройти мимо охранников, то это говорило о его необычном статусе. К тому же гость, видимо, знал, что хозяин квартиры дома. Пройдя в кабинет, Дронго включил камеру наружного наблюдения. За дверью стоял его старый знакомый. Дронго пожал плечами, невесело усмехнулся и пошел открывать дверь.

— Пришел наш знакомый, — сказал он Вейдеманису. — Можешь посмотреть кто. Думаю, ты его сразу узнаешь.

Эдгар пошел в кабинет и, едва взглянув на монитор, сразу узнал гостя. Дронго открыл дверь. На пороге стоял генерал Потапов, бывший заместитель руководителя Федеральной службы безопасности.

— Добрый вечер, Леонид Александрович, — приветствовал его Дронго с такими интонациями, словно давно ждал именно этого гостя, — а я уже думал, что больше никогда вас не увижу.

— Именно такими словами вы должны были меня встретить, — недовольно пробормотал гость.

— Входите. — Дронго пропустил генерала в квартиру. — Судя по тому, как вы спокойно прошли охрану, ваше место работы по-прежнему вызывает уважение у наших дежурных.

— Мне всегда было трудно с вами разговаривать, — негромко парировал Потапов.

Это был человек невысокого роста, лысоватый, с бледными, выпуклыми глазами на бесцветном лице. Он всегда был одет в строгие темные костюмы и носил круглые очки, придававшие его лицу несколько удивленное выражение. Войдя в квартиру, гость повесил плащ и направился в кабинет. Увидев выходившего из него Вейдеманиса, он понимающе кивнул:

— Почти вся команда в сборе. Не хватает только вашего друга Кружкова.

— Вы пришли, чтобы предложить нам сыграть товарищеский матч в мини-футбол со сборной ветеранов ФСБ? — поинтересовался Дронго у своего гостя.

Потапов от комментариев воздержался. Войдя в кабинет, он уселся на диван. Дронго и Вейдеманис вошли следом.

— Что за манеры? — проворчал Потапов. — Почему каждый раз вы встречаете меня столь нелюбезно?

— Дело в том, что общение с вами не доставляет мне особого удовольствия, — ответил Дронго. — Как правило, вы появляетесь в самые неудобные моменты и просите о самых неприятных вещах. Однажды вы даже посулили мне миллион долларов, если я вам помогу. Денег мне, конечно, не заплатили, но разрешили уйти живым, а это для вас было в высшей степени благородно. И вообще мне не нравится иметь дело с вашей организацией. В последнее время в вашем ведомстве появилось слишком много случайных людей. А это сказывается на уровне профессионализма.

Потапов поморщился. Он потянул носом воздух и неожиданно сказал:

— Тоже мне профессионал. Весь мир знает, что вы пользуетесь парфюмом «Фаренгейт». У вас уже в подъезде стоит этот запах. Давно могли бы его поменять.

— А я не работаю в службе наблюдения, — напомнил Дронго, — и мне не мешает мой любимый запах. Если вас так раздражает «Фаренгейт», можете покинуть мою квартиру.

— Ну хватит, — прервал его Потапов, — мы уже обменялись любезностями, давайте поговорим. У меня к вам важное дело.

— Давайте, — согласился Дронго, — только сначала удовлетворите мое любопытство. Где вы сейчас работаете? Ведь вы ушли из ФСБ несколько месяцев назад. Или успели вернуться?

— Нет, не успел, — мрачно ответил Потапов. — Вы прекрасно знаете, что я не ушел, а «меня ушли». И я тогда не думал, что мне снова придется заниматься подобными вопросами и вообще встречаться с вами. Но время поменялось. К власти в стране пришел другой президент...

— Бывший ваш коллега, а с ним пришли и другие времена, — перебил гостя Дронго.

— Может быть, — согласился Потапов, — но мой опыт оказался нужен. Меня пригласили на работу заместителем руководителя службы охраны президента. И сейчас я работаю в этой должности.

— Поздравляю, — сказал Дронго, — вот уж действительно талант всегда найдет себе дорогу. Такие кадры никогда не остаются невостребованными. Их всегда можно использовать. На любой работе и в любое время.

— Да, — согласился Потапов, — и я не понимаю вашей насмешки. Я приехал к вам по очень важному делу. Нам нужна ваша помощь.

— Это я уже догадался. Иначе вы вряд ли появились бы здесь, чтобы «понюхать» «Фаренгейт». Тем более что он вас так раздражает.

— Этого я не говорил, — улыбнулся Потапов.

— Уже неплохо. Что входит в сферу вашей компетенции?

— Охрана объектов в Москве и Московской области. Барвиха, Жуковка, Горки, в общем, все наши объекты. Я приехал к вам по очень важному делу, — повторил генерал.

— Что случилось?

— Убийство. Убили очень известного человека. Вчера вечером на его даче в Жуковке. К сожалению, весть об этом распространилась очень быстро, и нам пришлось сегодня официально объявить о смерти...

— Бывшего вице-премьера академика Глушкова... — закончил за собеседника Дронго.

Потапов машинально дотронулся до виска. Поправил очки.

— Откуда вы знаете, что его убили? — тихо спросил он.

— По всем каналам уже целый час говорят о

внезапной кончине Федора Григорьевича Глушкова, — пояснил Дронго. — Я вспомнил, что он жил именно в Жуковке. Кроме того, вы не приехали бы ко мне так неожиданно. Значит, все совпадает. Ни один канал не сообщил, как и почему погиб бывший вице-премьер. Может, вы удовлетворите наше любопытство?

Потапов посмотрел на Вейдеманиса. Он хорошо знал, что Эдгар был бывшим офицером Первого главного управления КГБ СССР. И поэтому, чуть замешкавшись, произнес:

— Его застрелили. Почти в упор. Из пистолета. Убийца сделал один выстрел. В сердце. Самое интересное, что выстрела никто не слышал. Ни соседи, ни наши охранники. Никто. В общем, Глушкова убили. Нашли на втором этаже, в кабинете. А пистолет не нашли, исчез. Наши эксперты установили, что выстрел был сделан из пистолета системы Бернарделли, модель «П-18 компакт».

— Бернарделли? — удивился Дронго. — Очень редкая модель. И дорогая, насколько я знаю. Владельца этого пистолета нетрудно установить. У этих пистолетов интересное двухрядное расположение патронов. Последние модели стоят несколько тысяч долларов. Вы выяснили, кому принадлежал этот пистолет?

— Он не проходит по нашей картотеке.

— Странно, — нахмурился Дронго. — Такой пистолет — большая редкость. И насколько я знаю, их почти нет в стране. Может, он был у Глушкова? Мог ему кто-нибудь его подарить?

— У него не было такого пистолета. Во всяком случае, никто его не видел. Ни супруга, ни сын. Но у нас другие подозрения. Из дома пропала очень ценная коллекция старинных монет. Это мы успели установить.

— Убийство с целью ограбления? — не поверил Дронго. — Бандиты не побоялись появиться в охраняемом поселке и залезть в дом бывшего вице-премьера? И вы хотите, чтобы я поверил в такую чушь?

— Я сам не верю, — признался Потапов, — но пистолет мы не нашли. И коллекцию тоже не нашли. По нашим данным, она была уникальной, там были редчайшие монеты. Тысяч на триста-четыреста. Долларов, конечно.

— Поразительно, — пробормотал Дронго. — Вы опросили соседей?

— Конечно, — в голосе генерала послышалось недовольство. — Рядом с домом Глушкова находятся еще три дома. В одном живет вице-президент Академии наук, в другом — руководитель таможенной службы страны, а в третьем — заместитель министра иностранных дел. Как вы понимаете, мы не могли устраивать у них обыски. Все трое — люди слишком известные, чтобы мы их подозревали. Хотя с каждым из них мы побеседовали. И с членами их семей тоже. В этот вечер на даче находилось не так много людей. У замминистра иностранных дел жена в больнице, поэтому он был на даче с сыном. Академик ужинал с женой и дочерью. Наш главный таможенник гулял по дачному участку со своей супругой. Больше никого не было. Никто из них ничего не слышал. Тем не менее Глушков убит, коллекция монет пропала, оружие не найдено. Охранники уверяют, что никто из чужих на даче не появлялся. Но в самом комплексе около восьмидесяти домов. Мы же не можем подозревать всех, тем более что среди жителей поселка около пятнадцати федеральных министров и приравненных к ним лиц, а также человек двадцать заместителей министров. В общем, ситуация дурацкая. К тому же сегодня пятница. В понедельник вечером в Москву возвращается президент. Похороны Глушкова назначены тоже на понедельник. Если до этого времени мы не найдем убийцу, то все руководство службы охраны будет искать себе новое место работы. И я в том числе.

Дронго внимательно слушал собеседника. Когда Потапов закончил рассказ, Дронго взглянул на Вейдеманиса. Тот молчал, как всегда, ничем не выражая своего отношения к сказанному. Решать должен был сам Дронго.

— У него большая семья? — мрачно поинтересовался Дронго.

— Жена, сын, дочь, внуки. Мы разговаривали и с ними. Подняли на ноги всю нашу службу. Уже успели переговорить с его заместителями в институте. Никаких зацепок. Погибшего обнаружил водитель. Он приехал утром за Федором Григорьевичем и ждал его около часа. Это удивило водителя, он вошел в дом и обнаружил, что академик убит. Сразу вызвали наших сотрудников, бригаду «Скорой помощи», работников прокуратуры. Водитель сейчас находится в ФСБ, но у него полное алиби. Всю ночь он был дома, с семьей. И утром, как всегда, приехал за Глушковым. К тому времени академик был мертв уже несколько часов. Тем не менее водителя задержали, чтобы допросить. Хотя ясно, что он здесь ни при чем. Он приехал в Жуковку только в половине девятого и никак не мог убить академика. И ничего спрятать или украсть тоже не мог.

— Почему? — спросил Дронго.

— Он вошел в дом не один, — пояснил Потапов. — Видимо, насторожило, что Глушков не отвечает на его звонки. Покойный вообще отличался пунктуальностью и никогда никуда не опаздывал. Поэтому водитель позвал одного из охранников, и они вместе разбили стекло на первом этаже, чтобы проникнуть в дом. Но главное: дверь не была заперта изнутри. Ее просто захлопнули. Глушков же обычно всегда закрывал дверь на замок, — Потапов нахмурился. — Водителя забрали в ФСБ, но это не тот след, который им что-нибудь даст. Когда водитель въезжал в ворота дачи, Глушкова уже не было в живых. В понедельник будут похороны, — еще раз напомнил генерал. — Мы просто обязаны разобраться и понять, как это случилось, кто стрелял в Глушкова, кто взял монеты. Словом, раскрыть это преступление.

Дронго поднялся, подошел к книжной полке, посмотрел на стоящие книги. Затем, словно вспомнив о чем-то, вышел в большой холл, где стояли книжные шкафы. Потапов недоуменно взглянул на Вейдеманиса. Через минуту Дронго вернулся в кабинет. В руках у него была книга с публикациями известных ученых, выпущенная в конце восьмидесятых годов. Среди авторов значился и академик Глушков.

— Интересный был человек, — задумчиво заметил Дронго, усаживаясь в кресло. — А почему вы не доверяете своей бывшей службе? Ведь следователи ФСБ уже наверняка ведут расследование.

— И прокуратура тоже, — подтвердил Потапов. Он немного помолчал. — Я думал, вы меня поймете. Если выяснится, что на охраняемый объект проникли чужие люди... Тогда во всем обвинят именно нашу службу. Мне не стоит вам говорить, что между спецслужбами всегда существовало негласное соперничество. В ФСБ были бы рады вернуть в свою структуру нашу службу охраны, и они сделают все, чтобы доказать некомпетентность нашей службы. Что касается прокуратуры, то в последние годы она была дубинкой в руках администрации президента. И там тоже множество людей, которые с удовольствием поменяют весь руководящий состав службы охраны, посадив в наши кресла своих ставленников. Можно сказать, что здесь идет крупная игра, и нас постараются сделать козлами отпущения.

— Вы хотите сказать, что преступление могло быть подстроено, чтобы обвинить именно вашу службу? — уточнил Вейдеманис, заметив молчание Дронго.

— Да, — кивнул Потапов, не глядя на Эдгара. Он ждал ответа Дронго.

— За два дня, — вздохнул Дронго. — Почему у вас всегда такие невероятные сроки, генерал? Неужели вы всерьез полагаете, что я могу справиться за двое суток?

— Хотите, чтобы я сказал правду? — спросил Потапов. — Да, я так считаю. Более того, я в этом уверен. Единственный человек, который может нам помочь, — это вы. Если в понедельник мы не предъявим президенту реальные факты, можно быть уверенным, что нашу службу расформируют и передадут в подчинение ФСБ. Я знаю, как вы умеете работать, Дронго. Мне часто кажется, что в ваших рассуждениях есть нечто мистическое, словно вы умеете читать чужие мысли. И вы правильно заметили, что раньше я работал в ФСБ. Я вам никогда раньше не говорил об одном факте, очень интересном для вас. Наши аналитические службы однажды подсчитали ваш интеллект. Он зашкаливает за сто восемьдесят единиц. Поэтому — сами понимаете — вы единственный эксперт, который может нам помочь.

Дронго взглянул на Вейдеманиса. Тот, пожав плечами, кивнул в знак согласия.

— Между прочим, не такой уж большой интеллект, — вдруг заметил Дронго. — В шахматы я все время проигрываю Эдгару. Может, вам лучше его пригласить? Или Гарри Каспарова?

Потапов недоуменно взглянул на Вейдеманиса. Тот невозмутимо покашлял, ничем не выражая своего отношения к происходящему.

— Я не понял, — признался генерал, — вы согласны или нет? Мы готовы заплатить вам гонорар в разумных пределах, лишь бы вы согласились.

— Мне нужны все материалы, которые у вас есть, — Дронго перешел на деловой тон, — доступ в Жуковку, возможность беседы с членами семьи погибшего и с соседями. Вы можете представить меня как сотрудника вашей службы. И, разумеется, дать свой автомобиль, чтобы я не появлялся в поселке со своим водителем и на своей машине.

— Ну конечно, мы все сделаем. Что-нибудь еще?

— Только одна личная просьба, — сказал Дронго. — Если я сумею что-нибудь сделать, вы купите себе «Фаренгейт». И публично признаетесь, что это лучший запах на свете. Договорились?

Потапов кивнул и неожиданно улыбнулся.

— Согласен, — сказал он, — вылью на себя два флакона.

ГЛАВА 2

Часы показывали половину десятого вечера, когда машины въехали в поселок. Дежуривший охранник узнал автомобиль Потапова. Едва машина показалась у ворот, охранник сообщил о приезде генерала дежурившим офицерам. И пока автомобиль доехал до небольшого двухэтажного дома в глубине поселка, сотрудники службы охраны уже были готовы встретить Потапова и его спутников у дома. Дронго взял с собой Вейдеманиса, наблюдательность которого часто помогала ему в подобных ситуациях.

Двое офицеров службы охраны мрачно наблюдали, как Дронго выходит из машины. Один был среднего роста, широкоплечий, с глубоко запавшими глазами и короткой стрижкой. Второй был высокого роста, крупнее и массивнее коллеги, с характерным азиатским разрезом глаз. Сотрудников прокуратуры и ФСБ у дома уже не было, они покинули его днем, отправив тело погибшего в морг на вскрытие. Позднее тело должны были перевезти в другое место для проведения траурной церемонии.

— Николай Числов, — представил первого офицера Потапов, — а это Шариф Гумаров, руководитель отдела. Знакомьтесь. Тот самый известный Дронго, о котором мы говорили. А это его напарник Эдгар Вейдеманис.

В рукопожатиях не было необходимости. Все просто кивнули друг другу в знак приветствия и пошли в дом.

В местах, где совершаются преступления, всегда особая энергетика. В этом Дронго убеждался много раз. Войдя в дом, он подивился царившей здесь странной тишине.

— Кто-нибудь остался в доме? — тихо спросил Дронго.

— Да, — кивнул Числов, — жена и сын покойного, на втором этаже. Мы попросили их все проверить, чтобы убедиться в сохранности остальных вещей.

— Вскрытие уже было? — задал еще один вопрос Дронго.

Числов взглянул на Гумарова. Тот молча кивнул. Очевидно, он не отличался разговорчивостью и предпочитал, чтобы об известных фактах рассказывал его сотрудник.

— Вскрытие уже провели, — подтвердил Числов. — Патологоанатомы констатировали смерть от выстрела, сделанного почти в упор. На рубашке погибшего и вокруг раны сохранился четкий пороховой след. Есть также пороховые ожоги, которые возникают при выстрелах с очень близкого расстояния.

— Вот так, — заинтересовался Дронго. — Вы об этом не говорили, Леонид Александрович.

— Вы все равно бы об этом узнали, — негромко ответил Потапов. — Я считал, что будет лучше, если вы сами, приехав сюда, все увидите собственными глазами.

— Пороховые ожоги от выстрела в упор... — нахмурился Дронго. — Вы можете показать, куда был произведен выстрел? — обратился он к Числову.

Тот посмотрел на Потапова и Гумарова и, не увидев в их глазах возражения, правой рукой показал на область сердца.

— Вот сюда, — сказал он, — прямо в сердце. Или чуть ниже.

— Может, он сам застрелился? — предположил Дронго. — Такой вариант возможен?

— Где же тогда пистолет? — возразил Потапов. — Куда он делся? И почему пропала коллекция монет? Кроме того, самоубийцы обычно оставляют записки с объяснениями причин своего поступка. Вы думаете, что Глушков, решив застрелиться, не оставил бы подобной записки?

Дронго, никак не прокомментировав его вопросы, вошел в небольшой холл и огляделся по сторонам. Дом был небольшой, всего несколько комнат — две на первом этаже плюс кухня и три на втором. Кабинет хозяина и две небольшие спальни — Глушкова и его супруги — находились наверху. На первом этаже к кухне примыкала столовая, а с правой стороны располагалась гостиная.

Из гостиной вышел молодой человек в темно-сером джемпере и синих брюках. Дронго вспомнил фотографию бывшего вице-премьера, которую показывали по телевизору. Молодой человек был удивительно похож на отца. Такое же круглое лицо, густые брови, очки.

— Сын академика Глушкова Олег, — представил его Потапов, — а это наш эксперт, — указал он на Дронго, но не назвал его имени.

Дронго кивнул.

— Садитесь, — пригласил гостей Олег, указывая на диван и стулья, стоящие вокруг стола. Сам он сел в кресло и тяжело вздохнул. — Все произошло так неожиданно, так страшно. Мы осмотрели все комнаты. Но, кроме коллекции монет, ничего больше не пропало. Так, во всяком случае, считает и Вероника Андреевна.

Дронго, нахмурившись, посмотрел на Потапова. Кажется, генерал не сообщил ему какие-то нужные сведения. Почему сын называет свою мать по имени-отчеству.

— Где она сейчас? — поинтересовался Потапов.

— В своей спальне, — ответил Олег. — Я уже собирался уезжать, но ваши сотрудники попросили меня задержаться.

— Вы хотели уехать? — уточнил Дронго. — А ваша мать собиралась остаться на даче?

Олег нахмурился. Он хотел что-то сказать, но в этот момент раздались шаги — по лестнице спускалась вдова Глушкова. Мужчины поднялись со своих мест. В гостиную вошла высокая женщина. На вид ей было лет сорок пять. Светлые пышные волосы, четко очерченные скулы. Темное длинное платье. Дронго обратил внимание на разрез ее несколько вытянутых глаз и тонкие крылья носа. Очевидно, женщина уже побывала в руках косметологов и под ножом хирургов. Достаточно было взглянуть на нее, чтобы понять, почему Олег называл супругу своего отца по имени-отчеству. Она не могла быть его матерью по возрасту.

Поздоровавшись кивком головы со всеми, Вероника Андреевна прошла к столу и, подвинув стул, села несколько в стороне от пасынка. Дронго обратил внимание, что она не смотрит в сторону Олега.

— Извините нас за столь поздний визит, — обратился к хозяйке Потапов, — но приехал наш эксперт господин Дронго, он хотел бы с вами побеседовать.

— Конечно, — кивнула женщина.

Было заметно, что она нервничает, но старается держаться внешне спокойно. Олег нервничал больше. Время от времени его лицо подергивалось от нервного тика.

— Вы все осмотрели в доме? — спросил Потапов. — Кроме коллекции монет, ничего не пропало?

— Ничего, во всяком случае, я ничего не обнаружила. Олег осмотрел кабинет отца. Там тоже ничего не пропало.

У нее было слегка припухшее лицо, покрасневшие веки, однако ничто больше не выдавало в ней вдову, внезапно потерявшую супруга. Олег выглядел гораздо более подавленным.

— Вы извините, что мы беспокоим вас в такой момент, — сказал Дронго, — но я хотел задать вам несколько вопросов.

— Спрашивайте, что хотите, — равнодушно

произнесла она, — мне уже все равно. Ваши прокуроры допрашивали меня целых три часа. А потом еще опрашивали соседей. Непонятно зачем. Что могут знать соседи о том, что случилось в нашем доме? Вокруг деревья и кустарники, соседние дома даже днем почти не видны.

Протянув руку, Вероника Андреевна взяла со стола пачку «Кэмел» и достала сигарету. Олег даже не пошевельнулся, чтобы протянуть ей зажигалку, которая лежала на стоящей рядом с ним тумбочке. Вместо него свою зажигалку достал Числов. Хозяйка дома, прикурив, благодарно кивнула.

— Вчера вечером Федор Григорьевич был один? — спросил Дронго.

— Да, — вздохнула она, — обычно его привозил водитель, но иногда он приезжал сюда сам. Ему вообще нравилось самому водить машину, он говорил, что это его успокаивает. Вчера он приехал часов в восемь вечера. Я осталась в нашей городской квартире. Он позвонил мне через час, и мы о чем-то поговорили. Я сейчас даже не могу вспомнить, о чем именно. А потом я словно что-то почувствовала. Начала ему звонить, но его мобильный телефон был отключен, а городской не отвечал. Честно говоря, я подумала, что он вышел погулять. Он часто гулял по ночам вокруг дома. Ему вообще здесь нравилось. В одиннадцать я снова позвонила. И опять никто не ответил.

Она тяжело вздохнула и выпустила эффектную струю дыма. Дронго подумал, что лет двадцать назад она, наверное, была очень красивой женщиной. Хотя и сейчас могла нравиться мужчинам. У нее были полные, чувственные губы.

— Всю ночь я плохо спала, — продолжала Вероника Андреевна, — а утром мне позвонили и сообщили...

Она с силой потушила сигарету в пепельнице. Голос у нее дрогнул, глаза увлажнились. Она отвернулась. Дронго посмотрел на Олега. Тот сидел мрачный и никак не реагировал на слова мачехи. В отношении сына к мачехе было заметно некоторое напряжение, какое обычно бывает у взрослых детей, не одобряющих родительский выбор.

— Наш водитель Илюша обнаружил его убитым, — у нее снова дрогнул голос, — он мне позвонил, и я сразу приехала. Вызвала второго водителя и приехала. Примерно минут через тридцать-сорок. К этому времени здесь уже было много людей. Из милиции, из прокуратуры, врачи «Скорой помощи», наши охранники. Я всех не запомнила. Федора Григорьевича я увидела не сразу. Меня не пускали в комнату, пока там работали ваши эксперты. А потом мы вошли вместе с Олегом. Он тоже приехал, и мы вдвоем вошли в кабинет...

Она замолчала и посмотрела на Дронго.

— Не представляю, кто мог его убить, — призналась она, — Федор Григорьевич был прекрасным человеком. Он никому и никогда не сделал ничего плохого. Почему все так закончилось?

Зазвонил городской телефон. Трубка лежала рядом с Вероникой Андреевной на столе. Она взяла ее.

— Да, — сказала она скорбным голосом, — такой ужас, Валечка. Спасибо большое. Он вас так любил. Спасибо. Да, похороны в понедельник. Нет, нет. Спасибо. Я тебе потом все расскажу. Да, сердце, да, да. Неожиданно. Инфаркт. Извини меня. Да, спасибо.

Она убрала трубку.

— Я отключила свой мобильный, — извиняющимся тоном сказала она. — Говорят, что по телевидению передали сообщение о смерти Федора Григорьевича, и теперь все пытаются дозвониться. Хорошо, что телефон на даче мы поменяли два месяца назад и не все знают наш новый номер. Иначе нам не дали бы поговорить.

Потапов понимающе кивнул.

— В последние дни в поведении Федора Григорьевича вы не заметили ничего необычного? — спросил Дронго. — Может, вы замечали, что он нервничает? Или что-то еще?

— Меня об этом уже спрашивали, — спокойно сказала она, — нет, конечно. Следователи почему-то думают, что он мог застрелиться. Но у него не было пистолета. И зачем ему стреляться? Нет, нет. Я знаю: его убили из-за этой дурацкой коллекции монет. Кто-то, узнав про эти монеты, сумел незаметно проникнуть на дачу.

Зазвонил мобильный телефон Числова. Тот, извинившись, достал аппарат и вышел из гостиной. И почти сразу, заглянув снова, вызвал Гумарова. Оба сотрудника службы охраны вышли из гостиной. Перед тем как выйти из комнаты, Гумаров что-то прошептал Потапову, и тот согласно кивнул. После ухода сотрудников охраны обстановка стала несколько спокойнее, словно спало некое напряжение. Такое количество чужих в доме явно действовало на психику и Вероники Андреевны, и Олега Глушкова.

— Как вы думаете, кто мог знать про эту коллекцию? — спросил Дронго.

— Кто угодно, — удивилась она. — Федор Григорьевич был открытым, доброжелательным человеком. Он ничего не скрывал от людей. У нас в доме всегда было много гостей...

Олег дернул ногой, и Вероника Андреевна заметила этот жест.

— Да, — с вызовом сказала она, — у нас всегда было много друзей. И мы не видели в этом ничего плохого. Но я не могу никого подозревать. Среди наших знакомых были только порядочные люди. Хотя сейчас все изменилось. Никто не знает, кого сейчас можно считать порядочным человеком.

Олег нахмурился, но не стал возражать. В присутствии мачехи он держался гораздо более скованно, чем можно было ожидать от мужчины его возраста.

— Никаких других ценных вещей в доме не было? — уточнил Дронго.

— Откуда? — улыбнулась Вероника Андреевна. — Откуда у нас могли быть ценные вещи? Нужно было знать академика Глушкова. Он был абсолютный бессребреник, никогда не копил денег, не пользовался своим служебным положением. Любой чиновник, который работал хотя бы один год в ранге заместителя министра, обогащался так, что хватало не только детям, но и внукам. Успевал приватизировать несколько заводов или хапнуть какое-нибудь предприятие. А Федор

Григорьевич о таких вещах и не думал. Вы ведь помните, он был вице-премьером дважды. И всегда газеты писали о его высоких нравственных принципах. Он был очень честный человек, иногда даже в ущерб самому себе и своей семье...

— Думаю, что он был достаточно состоятельным человеком, чтобы обеспечить семью, — ядовито вставил Олег.

Он не договорил второй фразы, но все поняли, что он хотел сказать. «Достаточно состоятельным человеком, чтобы обеспечить капризы своей молодой жены», — хотел сказать сын погибшего. Очевидно, именно так и поняла его выпад Вероника Андреевна. Нахмурившись, она неприязненно взглянула на Олега.

— Я не жалуюсь, — нервно произнесла она, — я просто рассказываю, каким честным и порядочным человеком был твой отец.

Она потянулась и взяла еще одну сигарету. Числова в комнате не было, а среди присутствующих мужчин никто не курил. Вероника Андреевна с вызовом взглянула на Олега, рядом с которым лежала зажигалка. Молчание длилось несколько секунд, затем Олег протянул руку, взял зажигалку и передал ее мачехе.

Фыркнув от подобной «галантности», она

щелкнула зажигалкой. Вновь раздался телефонный звонок. Она взяла трубку, успев придать лицу соответствующее скорбное выражение.

— Слушаю вас, — произнесла она голосом безутешной вдовы. — Кто это говорит? — Неожиданно голос у нее изменился. — Да, это я. Он еще здесь. Сейчас я передам ему трубку. Спасибо. Я знаю, как ты нас любишь, — язвительно произнесла она и протянула трубку Олегу. — Твоя жена, — сообщила она покрасневшему пасынку. Тот, порывисто вскочив, взял трубку.

— Что случилось? — спросил он, поправляя очки.

— Когда ты приедешь? — раздался из трубки женский голос, достаточно громкий, чтобы его мог услышать сидящий рядом Дронго. — Чего ты сидишь там с этой дрянью?

— Извини, Танечка, мы сейчас заняты, — попытался успокоить супругу Олег.

Очевидно, его жена не питала родственных чувств к мачехе своего мужа.

— Чем ты занят? — продолжала бушевать его супруга.

Она все еще кричала, когда Олег, извинившись, вышел из гостиной.

— Его жена — истеричка, — сообщила довольная разыгравшейся сценой Вероника Андреевна. — Поэтому он такой затюканный. Мать женила его на дочери своей подруги. И вместе они добили его окончательно. Федор Григорьевич никогда не одобрял этого выбора.

— Его мать жива? — спросил Дронго.

— Нет, — ответила Вероника Андреевна. — Она работала главным врачом больницы. Говорят, это была такая властная женщина, что убивала вокруг себя даже микробы. Но она умерла десять лет назад. Как раз успев женить своего сыночка на дочери подруги. Наверное, торопилась его окольцевать, — жестоко предположила она, — знала, какой он никчемный. А через два года мы встретились с Федором Григорьевичем.

— Сколько лет вы прожили вместе?

— Официально шесть. Но первые два года мы встречались, не особо афишируя наши отношения.

— Вы были замужем?

— Это имеет отношение к смерти Федора Григорьевича? — удивилась она и пожала плечами. — Да, я была замужем. Дважды. И оба раза неудачно. Федор Григорьевич был моим третьим мужем. А я его вторая жена. Люди иногда долго ищут, прежде чем находят свою недостающую половину. Вам так не кажется?

— Наверное, — улыбнулся Дронго. — Извините меня, что я задаю такие нетактичные вопросы. У вас хорошие отношения с бывшими мужьями?

— Вы думаете, что кто-то из них перелез через забор, забрался в дом и убил Федора Григорьевича? — усмехнулась она. — Ну это чистая фантастика. Мой первый муж сидит в тюрьме, отбывая срок за хищение государственных средств в особо крупных размерах. Ему сидеть еще несколько лет. А второй муж находится сейчас в Чехии, он бизнесмен и ведет дела с чешскими предприятиями. Как видите, у моих мужей абсолютное алиби. Так, кажется, говорят ваши коллеги?

— Правильно, — подтвердил он, чтобы не раздражать женщину, и без того находящуюся в истерически-возбужденном состоянии.

— Извините, что спрашиваю, — продолжал Дронго, — а какие отношения были у вас с соседями?

Вероника Андреевна чуть нахмурилась. По лицу пробежала легкая тень. Затем она немного нервно ответила:

— У нас со всеми были прекрасные отношения. Почему вы спрашиваете?

— Мне нужно поговорить и с ними. Может, кто-то видел, как к вашему дому подходил неизвестный.

— Они вам ничего не скажут, — сразу огорчила его Вероника Андреевна. — И потом, вы, очевидно, не совсем понимаете, куда приехали. Здесь живут члены правительства и руководители государственных учреждений. Здесь не притон, где обитают воры или бандиты...

— Не сомневаюсь, — вежливо согласился Дронго, — но мне важно знать, какие отношения были у вас с вашими соседями.

— Самые дружеские. Академик Перельман — коллега моего мужа по академии. Лопатин и Романовский — слишком занятые люди, поэтому не могли часто у нас бывать. Хотя Всеволод Витальевич несколько раз приходил. Они говорили о своих монетах. Лопатин тоже заходил один или два раза. Он вообще многим обязан Федору Григорьевичу. Мы близко дружим с его супругой — Нелличкой. Мы здесь часто остаемся одни, без мужей, которые безумно заняты на работе. Поэтому мы сблизились с Нелли Лопатиной.

Она тяжело вздохнула:

— У всех жен одна и та же история. Мы вынуждены сидеть дома, пока наши мужья занимают свои высокие посты. Устроиться на работу в нашем положении почти невозможно: вся страна знает о наших мужьях, и мы не сможем сохранить инкогнито. Кроме того, мы обязаны обеспечивать семейный уют и нормальную обстановку в доме. Я не жалуюсь, только рассказываю вам, как трудно было соответствовать высокому статусу супруги академика Глушкова.

— Кроме Лопатиных и Романовских, рядом с вами живет семья академика Перельмана, — напомнил Дронго. — Он коллега вашего мужа по академии.

— Да. Но из его семьи мы видели чаще всего его дочку, — в голосе Вероники Андреевны прозвучало плохо скрытое недовольство. — Эта особа училась с детьми Федора Григорьевича и считала себя чуть ли не членом его семьи. Такая молодая и очень бойкая. Вообще я считаю, что на дачу люди приезжают отдыхать, а не принимать гостей. Вы со мной не согласны?

Очевидно, она успела запамятовать, что только что рассказывала о том, что в доме Глушкова всегда было много гостей. «Типичная оговорка по Фрейду, — подумал Дронго. — С одной стороны, Глушков был очень известен, и к нему наверняка тянулись люди. С другой, его новая жена пыталась всячески оградить его от старых знакомств, резонно полагая, что они вызывают и старые воспоминания». Дронго не успел ничего ответить, когда в гостиную вошел Олег. Он протянул трубку мачехе:

— Это академик Архипов. Он хочет поговорить с вами.

Взяв трубку, она снова придала лицу скорбное выражение. Женщина явно обладала неплохими актерскими данными. Ее уверенное и насмешливое выражение лица сменилось на скорбную мину безутешной вдовы.

— Здравствуйте, Сергей Алексеевич, — простонала Вероника Андреевна.

Олег отвернулся, его, видимо, раздражала подобная манера поведения мачехи.

— Такое горе, — дрогнувшим голосом продолжала она. — Да, вчера вечером. Не совсем сердце. Я вам потом все расскажу. Да, да, конечно. Нет, похороны в понедельник. Говорят, что будет сам президент, — не удержалась она от тщеславного выпада.

Олег взглянул на Потапова.

— Я вам не нужен? — спросил он. — Можно мне уехать? За Вероникой Андреевной уже приехал ее водитель.

Потапов взглянул на Дронго.

— У вас есть машина? — спросил Дронго.

— Да, — несколько удивленно произнес Олег. — Вас подбросить до города?

— Чтобы вас не задерживать, я бы хотел поехать с вами в город и заодно поговорить. Это звонила ваша супруга?

Олег чуть покраснел.

— Я могу остаться, — сказал он более решительно.

— Не обязательно, — возразил Дронго. — Я думаю, мы скоро закончим разговор с Вероникой Андреевной.

Он отметил, что вдова разговаривала с академиком Архиповым, давним знакомым самого Дронго. Но об этом здесь не стоило говорить. Олег сел на прежнее место, ожидая окончания разговора.

Когда Вероника Андреевна, закончив разговор, положила трубку на стол, у нее было прежнее спокойное выражение лица.

— Все равно в покое не оставят, — произнесла она, вздыхая. — Представляю, что творится у нас дома.

— Ваш водитель приехал, — сообщил Олег.

— Спасибо, — равнодушно ответила она.

— У вас свой водитель? — уточнил Дронго.

— Да, конечно. У Федора Григорьевича был свой водитель — из его института, он работал с ним много лет. А мой водитель получает зарплату только у нас и работает со мной.

— Ясно. У меня к вам последний вопрос. У вас не было никаких размолвок с вашими соседями по даче? Может, какие-то споры, конфликты, недоразумения?

— Что вы, — грустно улыбнулась она, — наши соседи — чудесные люди. Даже слишком чудесные. Если вы думаете, что кто-то из них мог совершить подобное...

— Спасибо, — сказал Дронго. — Вы извините, что мы вас задержали.

Мужчины поднялись.

— Я поеду в город, — сообщил Олег мачехе, — Алла утром прилетает из Стокгольма.

— Она мне звонила, — коротко ответила Вероника Андреевна.

Она попрощалась, и в этот момент снова зазвонил городской телефон. Потапов понимающе вздохнул:

— Он был слишком известным человеком.

Дронго подошел к входной двери. Если ее захлопнуть, замок автоматически закроется. Здесь же было еще два замка, один из которых можно было закрыть только изнутри. Дронго внимательно осмотрел все запоры.

— Эксперты ФСБ уже работали, — сказал ему Потапов, — замки никто не трогал. Стекло выбито на кухне. Здесь нет никаких других следов. Мы даже вызывали кинолога с собакой. Но здесь так натоптано и утром бывает столько машин, что собака не смогла взять след.

Они вышли из дома. Олег, натягивая куртку, поспешил следом.

— Архипов, — негромко напомнил Вейдеманис, — это тот самый академик?

— Да, — тихо ответил Дронго, — надеюсь, что завтра я смогу с ним побеседовать. Пусть Потапов отвезет тебя в город, а я поеду с Олегом.

— Это верное решение, — согласился Эдгар. — Он сильно закомплексован, и тебе лучше поговорить с ним без свидетелей. До свидания. Если я буду нужен, можешь мне позвонить.

Дронго кивнул Потапову.

— Завтра суббота, — напомнил он, — и у нас с вами очень плотный график. Нужно будет побеседовать с некоторыми интересующими меня людьми. Дайте мне номер вашего мобильного телефона.

Потапов назвал номер, уверенный, что Дронго наверняка запомнит все семь цифр. Дронго повторил номер и напомнил:

— Жду вас утром, в десять часов. До свидания.

Подходя к машине Олега, он обратил внимание на серую «Ауди», стоявшую рядом с домом. В роскошном салоне автомобиля сидел молодой водитель и дремал в ожидании хозяйки.

«Для «бессребреника» машина слишком хороша», — подумал Дронго, усаживаясь в синий «Пежо» Глушкова-младшего.

ГЛАВА 3

Автомобиль выехал за ворота. Охранники внимательно оглядели обоих мужчин, выезжавших из дачного поселка. Вместо одного охранника, как это было обычно, у ворот стояло несколько человек. Числов, узнав Дронго, кивнул ему и приказал пропустить машину. Дронго оглянулся. Следом за ними выезжал темный «Ниссан». Когда они выехали наконец на трассу, Дронго спросил:

— Алла — ваша старшая сестра?

— Да, — ответил Олег, — она работает в Стокгольме, в представительстве нашей внешнеторговой компании. Они с мужем живут там уже два года.

— У вас с ней хорошие отношения?

— Нормальные, — ответил Глушков.

— А с мачехой?

«Нельзя задавать ему подобные вопросы», — подумал Дронго, когда машина чуть вильнула в сторону. Олег реагировал слишком нервно.

— Тоже нормальные, — сказал он несколько напряженным голосом.

— Вы были против женитьбы вашего отца?

Олег посмотрел на него.

— Смотрите на дорогу, — посоветовал Дронго.

— Да, — сказал Олег, — мы были против. И я, и сестра. Отцу было уже за пятьдесят, когда он встретил Веронику Андреевну. Вы, наверное, знаете, что у нее было два неудачных замужества. Первый муж попал в тюрьму, второй сбежал в Чехию. Это вам о чем-нибудь говорит?

— О ее сложной судьбе.

— Вы смеетесь? — мрачно осведомился Олег. — Неужели вы ничего не понимаете? Отец уже тогда был известным человеком. Вице-премьер правительства, академик, профессор, директор института. Вы слышали, как она говорила о своей жизни? Еще смеет утверждать, что ей ничего не досталось. Все деньги отца, все его связи, знакомства, ценности — все теперь достанется этой особе... Скажите, а как делится наследство, вы не в курсе? Вы ведь, видимо, юрист по образованию?

— Боюсь, что не смогу вас обрадовать, — признался Дронго. — Насколько я помню наследственное право, вам вряд ли что-нибудь перепадет от наследства отца. Если нет завещания, то все имущество делится между супругой и несовершеннолетними детьми, которые считаются наследниками первой очереди. При этом раньше половина наследства отходила супруге, а вторую половину делили между женой и детьми...

— Значит, выходит, что жена получает больше половины? — Олег был явно раздражен. Видимо, этот вопрос волновал его больше других. — А если она нигде не работает?

— Мне представляется это правильным, — заметил Дронго. — Ведь совместно нажитое имущество делится между супругами независимо от того, кто из них работает. Половина наследства — это ее законная доля. А оставшаяся половина делится между другими наследниками. Но должен вас огорчить. Вам ничего не достанется в любом случае. Совершеннолетние дети не являются бесспорными наследниками. И все имущество вашего отца отойдет Веронике Андреевне, если нет нотариально заверенного завещания.

— Мы подадим в суд, — покрылся красными пятнами Олег. — Так нельзя! Это неправильно, нечестно.

— Обсудите этот вопрос со своими адвокатами, — посоветовал Дронго. — Когда в последний раз вы разговаривали с отцом?

— Что? — переспросил Олег.

Он, очевидно, был еще занят мыслями о наследстве.

— Когда в последний раз вы разговаривали с отцом? — терпеливо переспросил Дронго.

— Вчера... Нет, позавчера.

Олег смутился, поправил очки. Было заметно, что он нервничает.

— Вы не могли бы вспомнить точнее? — настойчиво попросил Дронго, не сводя тяжелого взгляда с собеседника.

Олег покачал головой.

— Вчера, — тяжело вздохнул он, — вчера вечером. Только сотрудникам прокуратуры я сказал, что разговаривал позавчера. Испугался и почему-то соврал.

Дронго рассчитал правильно. Глушкову-младшему было трудно одновременно вести машину, размышлять о возможном наследстве и отвечать на вопросы, пытаясь при этом соврать.

— Почему вы их обманули? — строго спросил Дронго.

— Не хотел им ничего рассказывать, — признался Олег. — Мы вчера поспорили с отцом. Даже не поспорили... Ему не нравились мои планы. Ну, в общем, он их не одобрял. А мне нужны были деньги. И я попросил его меня поддержать. Но он отказал. Вот, собственно, и все.

— Какие планы? — спросил Дронго.

— Мы закупаем продукты, — пояснил Олег. — Вкладываем деньги и вместе с друзьями закупаем продукты в Германии и Польше. А потом ввозим их в страну.

— И почему он был против? Насколько я знаю, академик Глушков был ярым рыночником.

— Не знаю. Но ему не нравился наш бизнес. И он мне об этом часто говорил.

— В котором часу вы с ним разговаривали?

— Примерно в восемь — в половине девятого. Он сказал, что не хочет меня слушать, и положил трубку. Больше мы с ним не общались. Сейчас даже вспоминать не хочется, так обидно. Как вы думаете, а личные вещи нашей матери тоже достанутся этой женщине?

— Вас это волнует больше всего, — заметил Дронго.

— Мне обидно, что все достанется ей. Вы ведь понимаете, что она его совсем не любила. После смерти матери он чувствовал себя одиноким, и она воспользовалась обстоятельствами. Ему было чуть больше пятидесяти...

— Тогда вам нужно винить только себя, — строго сказал Дронго. — Не нужно было оставлять его одного. Ваша сестра и вы могли быть более внимательными к своему отцу.

— Вы ничего не знаете, — вздохнул Олег. — Это был очень сложный человек.

— У него были враги?

— Думаю, были. Некоторые его очень резко критиковали. И когда он первый раз был в правительстве, и потом, когда согласился на второй срок. Шутил, что стал «рецидивистом» в правительстве, согласившись на «второй срок». Но тогда он ушел из правительства довольно быстро. Как раз перед дефолтом. Он сам подал прошение об отставке. Тогда все газеты об этом писали и очень его критиковали. А через несколько месяцев выяснилось, что он был прав.

— Из-за этого его вряд ли могли убить. А не было ли это самоубийством? Как вы думаете, он мог покончить с собой?

— Нет, — ответил Олег, — ни в коем случае. Когда вчера вечером мы с ним разговаривали, я бы обязательно что-то почувствовал. Нет-нет. Это было убийство... А вы так не считаете?

— Пока не знаю, — признался Дронго. — Он был выше вас ростом?

— Да. Он был крупным мужчиной.

— В таком случае убийца очень рисковал, подойдя так близко к вашему отцу. Или, может быть, убийцей был кто-то из ваших знакомых?

— Среди наших знакомых нет таких людей, — сказал Олег, краснея и нервно поправляя очки.

— У него был пистолет?

— Вы тоже допускаете, что он мог застрелиться? — Олег нахмурился. — Все ищут пистолет, как будто оружие стреляет само по себе. Искать нужно убийцу, который выстрелил из пистолета. Но у моего отца никогда не было такого оружия. У нас есть два ружья, они находятся дома, и, насколько я знаю, он уже года три ими не пользовался. Хотя раньше часто ездил на охоту. Но пистолета у него никогда не было. Это абсолютно точно.

— У вас были сложные отношения с мачехой? Извините, что я вас спрашиваю, но мне нужно понять обстановку внутри вашей семьи.

— Непростые, — признался Олег. — Мы ее не очень принимали. И поэтому и я, и сестра редко приезжали в Жуковку. Правда, и Вероника Андреевна не очень любила здесь появляться. Ее почему-то оскорбляла обстановка государственной дачи. Она считала, что отец должен иметь собственную дачу. Но свою дачу он отдал мне, когда решил переехать в Жуковку. Еще во время своего первого назначения. А дачу за ним сохранили — он ведь был академиком. И потом, ему здесь было гораздо удобнее. По понедельникам сюда приезжала домработница, которая готовила еду и убирала дачу.

— Точно по понедельникам? — встрепенулся Дронго.

— Насколько я знаю, нет. Они договаривались, когда ей нужно было приехать. Меня уже спрашивали об этом сотрудники прокуратуры. Вчера ее здесь не было. Обычно она приезжала на машине моего отца. На его служебной машине. Утром приезжала и оставалась на весь день. Готовила еду, мыла, убирала, чистила, а вечером возвращалась в город. По другим дням она работала у нас дома. Вернее, в доме моего отца.

— У него большая квартира в городе?

— Да, конечно. Мы жили на Кутузовском. Пять комнат, общая площадь больше ста восьмидесяти метров. Мы выросли в этом доме. Он ведь стал академиком в сорок три года, а квартиру мы получили, когда он был членом-корреспондентом. Тогда сам Келдыш за него хлопотал, поэтому нам и дали такую роскошную квартиру. Кажется, мы переехали туда лет двадцать назад.

— Они жили там вдвоем?

— С Вероникой Андреевной, — подтвердил Олег, — но она не сразу к нему переехала. Вернее, не так. Он не сразу ее к себе пустил. Несколько лет они встречались в других местах, приезжали сюда. Тогда она ничего не имела против его дачи в Жуковке, — ядовито заметил Глушков-младший. — Это сейчас ей захотелось чего-нибудь другого. А тогда она лишь мечтала увидеть нашу квартиру.

— У нее есть свои дети?

— Есть, конечно. Дочь от второго брака. Ей сейчас двадцать два года, она живет в Америке. По-моему, в Детройте. Успела выйти замуж и уехать в Америку. В общем, такая же деловая, как и ее мамаша. Извините, я иногда бываю слишком категоричен, но вы понимаете, в каком я состоянии.

Дронго промолчал. Он не стал соглашаться с Глушковым-младшим. Но и не стал возражать. Машина въехала в город.

— Куда вас отвезти? — спросил Олег.

Дронго назвал адрес. Олег кивнул и увеличил скорость.

— Наверное, жена уже волнуется, — невесело заметил он.

— У вас нет с собой мобильного телефона? — повернулся к нему Дронго.

— Батарейки сели, не успел зарядить, — пояснил Олег, — поэтому жена позвонила на городской. Обычно она звонит на мобильник, чтобы не разговаривать с Вероникой Андреевной. У них взаимная антипатия.

— Вчера вечером вы позвонили отцу или он вам?

— Неужели это так важно? Кажется, я звонил. Или он? Я точно не помню...

— И все-таки, кто именно позвонил?

— Я позвонил, — признался Олег.

— Вы видели его коллекцию монет?

— Конечно, видел. О его коллекции был даже специальный репортаж по телевидению. Говорили, что некоторые монеты уникальны и не имеют аналогов в мире. Он собирал эту коллекцию всю жизнь.

— Значит, о его коллекции знало много людей.

— Все знали. Он и не скрывал, очень гордился, часто показывал гостям, друзьям.

— Он был членом какого-нибудь клуба нумизматов?

— По-моему, да. Иногда он встречался с коллекционерами. Кстати, один из них жил рядом с нами. Наш сосед Романовский Всеволод Витальевич. Он такой же страстный коллекционер.

— Романовский? — переспросил немного растерянно Дронго. — Заместитель министра иностранных дел?

— Да, — кивнул Олег. — Он часто навещал отца, и они вместе обсуждали новые приобретения.

— Рядом с дачей вашего отца есть еще три дачи, — задумчиво произнес Дронго. — Вы знаете соседей, которые там жили?

— Там живут только очень известные люди, — удивился Олег. — Один из них вице-президент Академии наук. Сам Абрам Моисеевич Перельман. Мы знаем друг друга много лет. Его младшая дочь училась вместе с Аллой в одном классе. Ему лет семьдесят или около того. А руководителя таможенной службы часто показывают по телевизору. Лопатин Михаил Николаевич. Он теперь прямо-таки телезвезда. Ни одна презентация не обходится без него. Вы, наверное, его видели.

— Может быть, — кивнул Дронго. — У Романовского большая семья?

— Нет. Старший сын — дипломат, работает в Австрии. Второй сын, кажется, живет в Ленинграде. Сам Всеволод Витальевич живет на даче со своей супругой. Они часто встречались с отцом. Но сейчас его жена болеет, и он остается один.

— Перельман?

— Да. У него трое детей: двое сыновей и дочь. Старший сын — известный физик, доктор наук, профессор. Второй — музыкант, преподает в консерватории. Тоже профессор. А дочь — филолог, кажется, специалист по германской литературе. Мать у них украинка. Отец всегда ставил нам в пример семью Абрама Моисеевича. Они живут большой дружной семьей. У каждого из сыновей по двое детей. И еще мальчик у Алины. Она — поздний ребенок, родилась, когда старшим было пятнадцать и тринадцать лет.

— Она замужем?

— Нет, разведена. — Олег улыбнулся. — Возможно, это единственная неудача семьи Перельман. Хотя ее муж учился вместе с ней. Они были одноклассниками, сидели за одной партой. Поэтому моя сестра знала их обоих.

— А новый главный таможенник?

— Он недавно к нам переехал. У него молодая, очень эффектная супруга. Очевидно, она действует на нервы моей мачехе, когда появляется в нашем доме. С Вероникой вообще трудно ужиться кому бы то ни было. Я всегда удивлялся, почему отец выбрал именно ее. Вокруг него всегда было столько красивых и умных женщин. Хотя признаюсь, что в последние годы я мало появлялся на даче отца.

— У вас есть дети?

— Есть. Близнецы. Двое мальчиков, — не без гордости сообщил Олег. — А какое это имеет отношение к убийству моего отца?

— Мне нужно собрать полную информацию, — пояснил Дронго. — А у вашей сестры?

— Нет. Они бездетны. Только не спрашивайте меня почему. Кажется, Алла сама не хотела иметь детей. Когда она приедет, можете спросить у нее.

— У вас хорошие отношения с сестрой?

— Нормальные, — усмехнулся Олег, — во всяком случае, мы терпимо относимся друг к другу. Кажется, мы подъехали к вашему дому. У вас есть еще вопросы?

— Только один, последний. Как вы думаете, ваш отец был состоятельным человеком?

— По нынешним временам не очень. У него все было. Дом, дача, государственная дача, две машины, даже эта коллекция. Но назвать его очень богатым человеком я бы не смог. Вы же знаете, какие сейчас времена. Некоторые наши соседи имеют на своих счетах сотни миллионов долларов. В другом конце поселка живет вице-президент нефтяной компании, который получает официальную зарплату в сто пятьдесят тысяч долларов. До прошлого года президент США получал не более двухсот в год. Вот вам и разница.

— Насколько я понял, вы хотели, чтобы отец помог вам деньгами. Если у него не было денег, то откуда он должен был их взять?

— Я не сказал, что он был бедным человеком, — возразил Олег. — Вы спрашивали о «состоянии». В моем понимании, люди «состоятельные» — это наши олигархи, у которых сотни миллионов долларов. А у отца, возможно, было несколько миллионов долларов, если собрать всю его недвижимость и подсчитать. Но наличных было не так много. Может, шестьсот тысяч. Или семьсот. У него были счета, кажется, в австрийском банке и в нашем. Но точно не знаю. И еще эта коллекция монет.

— У каждого человека свои представления о богатстве. Как и о счастье, — прокомментировал Дронго.

— Что? — не понял Олег.

— Ничего. Спасибо. Вы мне очень помогли. И примите еще раз мои соболезнования.

Дронго вышел из машины, оглянулся. И сразу нахмурился. Он узнал автомобиль, который выехал за ними, когда они миновали ворота дачного поселка. Тот самый темный «Ниссан». Поверить в случайность он не имел права. Для этого нужно быть слишком наивным человеком. А он таким никогда не был. Дронго взглянул на отъезжавший «Пежо». В ночной темноте Олег Глушков мог не заметить автомобиля, который следовал за ними. В машине было двое мужчин, которые не особенно скрывали свое присутствие. Оба незнакомца внимательно смотрели на Дронго.

Он усмехнулся и, помахав им рукой, направился к дому. Зачем нужны все его аналитические изыски, если можно найти обычных агентов и пустить по его следу. Или пристрелить известного человека, чтобы доказать никчемность охранного управления. Ради того, чтобы получить полный контроль над деятельностью всей службы охраны, в ФСБ вполне могли решиться на подобное преступление. Учитывая, что новый президент лично знал погибшего и сам был из органов ФСБ. Один выстрел — и все проблемы решены. Можно вернуть службу охраны, восстановив знаменитое девятое управление КГБ, когда-то занимавшееся охраной высших должностных лиц. Только один выстрел...

Дронго вошел в дом, поднялся на свой этаж. Едва он открыл дверь и включил свет, как раздался телефонный звонок. Он взглянул на часы. Скоро полночь. Интересно, кому это не спится? Не дожидаясь, пока включится автоответчик, он подошел к аппарату и поднял трубку.

— Слушаю вас, — сказал Дронго.

ГЛАВА 4

—Добрый вечер, — раздался знакомый голос.

Дронго нахмурился. Голос был очень знаком. Если учесть, что сегодня утром у него в гостях был генерал Потапов и автомобиль с наблюдателями ехал за ним от самой Жуковки, то искать нужно было среди круга лиц, которые могли позвонить ему так поздно ночью и именно сегодня.

— Здравствуйте, — ответил Дронго, перебирая в памяти знакомые голоса и имена.

— Мне показалось, что будет лучше, если я сам вам позвоню, господин Дронго, — явно наслаждаясь ситуацией, сказал незнакомец.

И тогда Дронго вспомнил. Несколько лет назад в Сибири, в поселке Чогунаш, они были вместе. Вдвоем. Он вспомнил этот самоуверенный голос. И эти нотки скрытого садизма. Он узнал позвонившего.

— Я не думал, Николай Александрович, что вы решитесь сами мне позвонить, — сказал Дронго.

— Вы меня узнали? — поразился позвонивший. — У вас хорошая память, Дронго. Я не думал, что вы меня так быстро вспомните.

— Если знать, откуда я приехал и кого убили на даче в Жуковке, то можно лишь гадать, почему вы не позвонили раньше, генерал Земсков.

Николай Александрович Земсков был одним из немногих генералов ФСБ, кто уцелел в кадровых чистках конца века. Всю свою жизнь он проработал в контрразведке и, несмотря на свой почти «критический» возраст, собирался работать в ФСБ до того момента, пока не уйдет на пенсию. У него был сложный характер, но опыт и мастерство профессионала позволяли ему компенсировать недостаток проницательности и аналитического мастерства.

— Вы все правильно поняли, — буркнул Земсков, — это не совсем обычное убийство, господин Дронго. Академик был очень известным человеком. Возможно, что против него действовали террористы. И это политическая акция. Или неизвестные нам силы, пытающиеся дестабилизировать обстановку. Хотя мы допускаем, что это мог быть и грабеж, ведь с дачи пропала уникальная коллекция монет. Как бы там ни было, мы собираемся проводить собственное расследование. Я думаю, вы понимаете, что служба охраны, допустившая подобный промах, делает все, чтобы оправдаться. Но убийство произошло, а неизвестный грабитель ушел незамеченным. И совсем необязательно, чтобы вы занимались собственным расследованием. Это ничего вам не даст.

— Ваши слова я должен воспринимать как совет или приказ? — поинтересовался Дронго, ослабляя узел галстука.

— Как вам больше нравится, — ответил Земсков. — Как только мне доложили, куда поехал Леонид Александрович, я сразу понял, что он решил по старой дружбе навестить именно вас.

— А вы по «старой дружбе» решили мне позвонить? — поинтересовался Дронго. — Это ваши люди провожали меня от поселка до дома?

— Вы же умный человек, — усмехнулся Земсков. — Или вы думаете, что это была охрана Потапова?

— Не понятно, почему вы так волнуетесь? Если похитили коллекцию монет, то это существенный прокол службы охраны. Или вы действительно хотите, чтобы их служба перешла под ваш полный контроль?

— Эти глупости рассказал вам Потапов? — осведомился Земсков. — Он, кажется, забыл, что работал у нас, перед тем как уйти в службу охраны. И еще он забыл, что перебежчиков не любят нигде. В том числе и в службе охраны.

— Вы считаете свои ведомства воюющими организациями? — спросил Дронго. — И вы уже применяете военные термины? У вас расстреливают предателей? Или вы их вешаете согласно законам военного времени?

С Дронго было трудно разговаривать. Кроме логики, ему была присуща ирония. Любой разговор он превращал в насмешку над чересчур серьезным собеседником.

— Поступайте, как знаете, — у Земскова пропал всякий интерес к разговору. — Считайте, что я вас предупредил. Расследование убийства ведет прокуратура. Мы проводим собственную разработку. И я не думаю, что мы нуждаемся в вашей помощи.

— Вы попытаетесь мне помешать? — добил генерала последним вопросом Дронго.

— До свидания, — генерал бросил трубку. Похоже, он был взбешен.

Дронго положил трубку, улыбнулся и пошел переодеваться. Через некоторое время, когда он стоял под горячей струей душа, снова зазвонил телефон. Он прислушался. Включился автоответчик, но из ванной было не слышно, кто именно звонил. Выключив воду, Дронго услышал голос Потапова:

— Возьмите трубку, я знаю, что вы уже дома.

Пришлось босиком идти в соседнюю комнату. Войдя в спальню, он взял трубку и поздоровался с Потаповым.

— Вы уже говорили с Олегом? — поинтересовался Потапов.

— И не только с ним, — ответил Дронго.

— В каком смысле? — насторожился Потапов.

— Звонил ваш бывший коллега. Николай Александрович, — пояснил Дронго. — Он советовал мне прекратить расследование...

Раздались короткие гудки. Дронго усмехнулся. Он достал аппарат мобильной связи и набрал номер Потапова.

— Враги не дают нам разговаривать, — насмешливо заметил Дронго. — Думаю, что мой телефон прослушивается. Земсков советовал мне отказаться от расследования.

— Сукин сын! — вскипел Потапов. — Они всегда так делают. И сами не работают, и другим не дают. Хотят все свалить на нашу службу. У них всегда виноваты другие. Милиция, военные, служба охраны — кто угодно, только не они...

— Кажется, совсем недавно вы были на другой стороне, — напомнил Дронго.

— Я и тогда так думал, — огрызнулся Потапов, — а сейчас тем более. Мы не знаем, что случилось на даче Глушкова, но в любом случае наши охранники никого не пропускали. За это мы отвечаем. А если какой-то ненормальный сумел перелезть через забор и оказаться в поселке, то это несчастный случай, а не халатность наших сотрудников. Вы слышали: даже в Букингемском дворце однажды оказался посторонний, которого не заметила охрана.

— Эту историю вы расскажете президенту, когда он вернется? — поинтересовался Дронго.

— Нет, не расскажу. Я надеюсь, что в понедельник днем мы уже будем знать имя настоящего убийцы. Настоящего, Дронго! Я убежден, что вы сумеете его найти.

— Постараюсь, — пробормотал Дронго. — Мне нужно к завтрашнему утру поговорить с заместителями Глушкова и его секретарем. Я думаю, это несложно.

— Завтра суббота, — напомнил Потапов, — у них нерабочий день.

— Завтра они все будут в институте, — возразил Дронго. — По всем каналам уже несколько раз передали сообщение о внезапной смерти академика Глушкова. Завтра они обязательно приедут в институт. Хотя бы для организации похорон своего директора.

— Верно, — нехотя согласился Потапов. — Что еще?

— И еще досье на всех трех соседей Глушкова: Романовского, Лопатина и Перельмана. Успеете до утра?

— Разумеется, нет. К вечеру постараемся все сделать, — рассудительно ответил Потапов. — Вы же понимаете, что речь идет не об обычных людях.

— Во всяком случае, постарайтесь, — посоветовал Дронго, — и учтите, что я должен поговорить с каждым из них.

— Вы понимаете, кто эти люди? — не отступал Потапов. — Один — министр, другой — заместитель министра, а третий — академик с мировым именем. Если хоть один из них пожалуется, меня выгонят и разжалуют. Вы это хорошо себе представляете?

— А вы можете предположить, что мое расследование убийства обойдется без этих встреч? —

В голосе Дронго прозвучала досада. – Или вы считаете, что я обладаю парапсихическими способностями и могу читать мысли людей на расстоянии? Если так, то давайте закончим наше расследование прямо сейчас.

– Не нужно меня пугать, – мрачно посоветовал Потапов. – Я не думал, что Земсков так быстро вас вычислит. Это моя ошибка. Не нужно было отпускать вас вместе с сыном Глушкова. Они сразу все поняли.

– В понедельник будем горевать вместе. А пока постарайтесь организовать все, как договаривались. До свидания.

Попрощавшись, Потапов отключил телефон.

Дронго вернулся под душ. У него в запасе два дня. С одной стороны, это ничтожно мало. А с другой – много. Если правильно вести расследование, можно многое узнать. Утром нужно позвонить академику Архипову. Он звонил и передавал свои соболезнования супруге Глушкова. Значит, они были достаточно близки.

Каждое убийство несет в себе определенную загадку. Но лишь до тех пор, пока неизвестно имя убийцы. Или способ совершения преступления. Собственно, в любом расследовании важно узнать три составляющие преступления. Важно поставить три главных вопроса, из ответов на которые и состоит каждое преступление.

Первый и самый важный вопрос: кому выгодно убийство? Собственно, об этом писали еще древние римляне. Если правильно ответить на первый вопрос, то расследование пойдет по верному пути. Второй вопрос: кто мог совершить преступление? Не всегда ответ на первый вопрос совпадает со вторым. Иногда смерть определенного лица выгодна слишком многим, но лишь единицы способны на подобное преступление. И задача опытного профессионала — определить круг лиц, способных совершить преступление. Наконец, третий вопрос. Каким образом произошло преступление? Ведь среди подозреваемых могут быть люди, которые ни при каких обстоятельствах не могли оказаться в нужный момент рядом с местом совершения преступления. Три вопроса, на которые необходимо дать правильные ответы, чтобы найти убийцу. Вся проблема заключается лишь в том, что, поставив эти три вопроса, нужно правильно на них ответить. Иначе раскрыть преступление будет невозможно.

Дронго подумал вдруг, что он много раз сталкивался с этой сложной задачей. Много раз преступления волновали его совесть, заставляя искать виновных. Иногда он чувствовал в себе нечто необъяснимое. Какая-то неведомая внутренняя сила заставляла его вновь и вновь бросать вызов самому себе, доказывая, что Зло может и должно быть наказано. Он никогда не ощущал себя рыцарем, сражающимся на стороне Добра. Для этого он был слишком сложным человеком, слишком земным и грешным. Скорее, он чувствовал себя человеком, сражающимся на стороне Справедливости. Два понятия, о которых вечно мечтали люди, соединялись в его расследованиях и в самой его жизни — Свобода и Справедливость. Эти два лозунга были начертаны на скрижалях его судьбы и его расследований. Всю свою жизнь он оставался свободным человеком. И все свои расследования посвящал борьбе за Справедливость. Не за абстрактное Добро, которое не всегда совпадало с его понятием о справедливости, а за конкретных людей, которым он старался помочь.

Утром он встал в девять, чтобы успеть побриться и приготовиться к встрече. В половине десятого позвонил Эдгар Вейдеманис, обычно просыпавшийся рано.

— Тебе что-нибудь нужно? — спросил Эдгар. — Звонил Леня Кружков, спрашивал, когда ему подъехать.

— Ждите меня у дома в половине двенадцатого, — попросил Дронго. — Я хочу поговорить с одним своим старым знакомым.

В десять утра он спустился вниз, но машины, которую за ним должны были прислать, не было. Он подождал несколько минут и набрал номер мобильного аппарата Потапова.

— Что случилось? — спросил Дронго. — Почему не приехала машина?

— Я приеду через час, — мрачно сообщил Потапов. — У нас изменились планы. Земсков успел доложить своему руководству, что мы пытаемся вести параллельное расследование. И сейчас меня вызывают на ковер к моему руководителю.

— Ничего страшного, я вызову свою машину. Встретимся у моего дома в двенадцать. А вы постарайтесь выторговать для меня два дня.

— Кажется, он вас тоже достал? — понял Потапов.

— Я не люблю, когда мне мешают, — признался Дронго.

Позвонив своему водителю, он попросил его приехать. После чего набрал еще один номер. На часах было пятнадцать минут одиннадцатого.

— Слушаю вас, — сказала девушка-секретарь.

— Доброе утро. Скажите, пожалуйста, Сергей Алексеевич у себя?

— У себя, но он занят.

— Передайте ему, пожалуйста, что звонил Дронго.

— Что? — изумилась девушка. — Тот самый? Это вы — Дронго?

Однажды Дронго проводил расследование в их институте, и с тех пор его имя произносили там с особым уважением.

— Вы, очевидно, новенькая? — улыбнулся Дронго.

— Я заменяю заболевшую... Ой, вы правда сам Дронго?

— Вы можете соединить меня с Сергеем Алексеевичем?

— Конечно, могу. Прямо сейчас. Одну секунду...

Дронго подумал, что в популярности есть свои положительные стороны.

— Здравствуйте, дорогой друг! — услышал он голос академика Архипова. — Как давно вы о нас не вспоминали.

— Мне нужно с вами встретиться, — сказал Дронго. — Хотелось бы поговорить.

— Конечно, — сразу согласился Архипов, — приезжайте прямо сейчас.

— Мне сказали, что вы заняты. Может, лучше подъехать позже?

— Нет. Я ведь знаю, чем вы занимаетесь. Вы наверняка будете говорить со мной не о моих научных разработках, а о собственных проблемах, которые гораздо важнее наших маленьких проблем. Приезжайте, я вас жду.

— Спасибо, — взволнованно сказал Дронго.

Через полчаса Дронго был в институте Архипова. Молодая секретарша, подавая чай, восторженно смотрела на него, как на чудо.

— Еще немного — и она попросит у меня автограф, — рассмеялся Дронго, когда девушка вышла.

— В нашем институте существует культ Дронго, — улыбнулся академик. — После вашего сенсационного расследования про вас рассказывают легенды. Вас считают Шерлоком Холмсом, Эркюлем Пуаро и комиссаром Мегрэ в одном лице.

— Хорошо, что не миссис Марпл, — пробормотал Дронго.

— Какое у вас ко мне дело? — спросил Архипов, устраиваясь в кресле напротив Дронго.

Секретарша принесла чай. Кофе академик давно не пил из-за высокого давления. А Дронго больше любил чай, справедливо полагая, что кофе может способствовать появлению аритмии сердца.

— Вчера по телевизору сообщили о смерти академика Глушкова, — начал Дронго.

— Да, — кивнул, нахмурившись, Сергей Алексеевич. — Так нелепо все получилось. Мы с ним виделись на заседании в академии в понедельник. И вот такая нелепая смерть. Говорят, инфаркт. Но он был, по нашим понятиям, молодым человеком. Ему не было и шестидесяти. Для академиков это, что называется, не возраст.

— Его разработки могли представлять какой-нибудь интерес для других стран?

— Его научные изыскания представляли интерес для мировой науки, — вздохнул Архипов. — Он был нашим ведущим экономистом. Такой светлый ум. А почему вы спрашиваете про другие страны?

— Когда человек внезапно умирает, это вызывает определенное беспокойство. Поэтому я хочу все проверить. У него не было никаких проблем в последнее время?

— Не знаю. Наши сферы интересов не пересекаются, но я не думаю, что у него могли быть такие проблемы, которые стали бы причиной его смерти. Он умер не от инфаркта? — спросил вдруг академик, блеснув стеклами своих массивных очков.

— Пока никаких других сведений нет, — соврал Дронго. — Вы близко знали его семью?

— Достаточно близко. Наши жены раньше дружили. Вернее, дружили моя жена и его покойная супруга. Вы, наверное, уже знаете об этом. Она умерла десять лет назад. Федор Григорьевич очень болезненно переживал смерть своей супруги. Наверное, в этом был какой-то рок. Она стольких людей спасала от онкологических болезней, а сама умерла от рака мозга. Операция была невозможна, и она это хорошо понимала. Страшная трагедия! Она, кажется, хотела даже покончить жизнь самоубийством, но затем решила идти до конца, чтобы не осложнять жизнь близких. К тому же тогда Глушков был вице-премьером, и ее смерть могла вызвать ненужные разговоры. Такая женщина была! Царство ей небесное! Очень хороший специалист и человек. Он потом года полтора-два ходил как оглушенный.

— А затем встретил Веронику Андреевну...

— Его можно понять. Когда умерла его супруга, ему было сорок восемь лет. В таком возрасте мужчине трудно без женщины. К тому же он не был аскетом. А Вероника оказалась напористой молодой особой. Некоторое время они встречались, но я не думал, что их отношения перерастут в нечто серьезное. Очевидно, Глушков думал иначе. В девяносто пятом снова начались разговоры, что его нужно возвращать в правительство, и ему было неудобно оставаться холостым. Бегать как мальчику на свидания. Свадьбы не было. Они зарегистрировались, и он сразу улетел в Германию на симпозиум. А по возвращении его принял президент и сразу предложил должность министра экономики. Глушков тогда отказался. А в девяносто седьмом согласился на должность вице-премьера. Он тогда считал, что правительство Черномырдина ведет страну к краху. Он видел, на каких спекуляциях была построена экономика, какие проценты получали по государственным бумагам. Федор Григорьевич тогда доказывал, что сильно заниженный рубль и установленный коридор — это пагубный путь, ведущий в никуда. Но никто его не слышал. В девяносто седьмом деньги делали из воздуха. В марте девяносто восьмого он ушел со своего поста по собственному желанию. Через месяц все правительство было отправлено в отставку, а еще через несколько месяцев был объявлен дефолт, и оказалось, что академик Глушков был гораздо дальновиднее многих экономистов, утверждавших, что наша экономика уже набрала обороты. Тогда все и рухнуло.

— Он вернулся в свой институт?

— А он из него никогда и не уходил. Всегда оставался директором, даже будучи вице-премьером.

— Вы считаете, что его вторая супруга вышла за него замуж из меркантильных побуждений?

— Ну что вы, — замахал руками Архипов, — конечно нет. Разве можно такое говорить! Нет, нет. Конечно, любой женщине приятно выйти замуж за обеспеченного человека, академика, вице-премьера. Но нельзя считать, что эта причина была основной. К тому времени она была замужем дважды и, кажется, ни в чем не нуждалась. Вероника его по-своему любила. И он успел к ней привязаться. Она очень следила за его внешним видом. У него появились модные галстуки, новые костюмы, напоминавшие сюртуки. Однажды я видел на нем моднейший шарф, который он надел явно под влиянием супруги. Такой «а-ля Михалков». Он, конечно, изменился благодаря молодой жене.

— Не очень молодой, — заметил Дронго, — ей сорок пять, не меньше.

— Как вам не стыдно! — улыбнулся Архипов. — Хорошо, что вас не слышит моя супруга. А вам сколько лет?

— Сорок два. И я уже давно не чувствую себя молодым, — вдруг признался Дронго.

— Ну и напрасно. Я по возрасту гожусь вам в отцы, но чувствую себя весьма молодым человеком. И этим горжусь. Знаете, что говорил покойный драматург Володин, кстати, мой любимый автор? «Стыдно быть несчастливым». Я бы добавил: «Стыдно быть немолодым».

— Согласен, — улыбнулся в ответ Дронго. — Но мне показалось, что у второй жены Федора Григорьевича довольно непростые отношения с его детьми.

— Может быть, — согласился, немного помолчав, Архипов. — А вы знаете семьи, где не бывает проблем? Тем более в таком щекотливом вопросе. Я недавно прочел о взаимоотношениях Александра II с сыном, когда император наконец женился на любимой женщине. После смерти жены, разумеется. Его сын и наследник был в такой ярости, что демонстративно не выходил обедать, если за столом была княгиня Долгорукая, которая стала официальной женой его отца и матерью четверых детей. Вот вам исторический пример. Конечно, взрослым детям не нравится, когда их отец женится на женщине, которая моложе его лет на пятнадцать. К тому же его дочери Алле уже тридцать пять. И разница в возрасте между мачехой и дочкой была гораздо меньше, чем между мачехой и отцом. Если говорить честно, — Архипов слегка наклонился в сторону Дронго и понизил голос, — у Глушкова была одна небольшая слабость. Он любил молодых красивых женщин. И когда был женат первый раз, и когда второй. У него всегда были такие сотрудницы в институте, что остальные директора только руками разводили от зависти. Его старшей дочери Алле это совсем не нравилось. К тому же сын Олег женился не очень удачно. У его супруги постоянно происходят нервные срывы. Это, конечно, накладывалось на отношения Глушкова с детьми. Но внуков своих он просто обожал.

— Вы бывали у него на даче в Жуковке?

— Раньше бывал, в последние годы нет. Но я позвонил Веронике Андреевне, чтобы выразить ей свои соболезнования. И думаю обязательно быть на похоронах.

— Вы знаете его соседей по даче?

— Нет, конечно. Сейчас там живут совсем другие люди.

— А его детей вы хорошо знаете?

— Они выросли у меня на глазах. Алла всегда была очень самодостаточным человеком. Целеустремленной, умной, четко знающей, чего она хочет. В ней сочетаются лучшие черты отца и матери. Требовательность, настойчивость, энергия. Она сама решила, что должна переехать в Швецию. И сейчас живет там с мужем, кажется, представляет интересы какой-то фирмы.

— У них нет детей?

— Нет. По-моему, у Аллы были какие-то проблемы, но об этом лучше знает моя супруга. Олег родился через несколько лет. И мне кажется, что Алла его сильно подавляла. Он всегда был как бы вторым. И привык к такой роли. И потом, его довольно рано женили. Мать тогда сильно болела и решила устроить его судьбу. Наверное, это была ошибка. Они оба были еще очень молоды...

— Олег рассказал мне, что занимается бизнесом.

— Очень неудачно. Сначала он хотел стать экономистом, даже успел написать кандидатскую диссертацию в институте отца. Но потом все бросил и стал заниматься бизнесом. Отец не очень одобрял его систематические провалы, но помогал.

— Каким именно бизнесом занимался младший Глушков, вы не знаете?

— Нет, точно не знаю. Но отцу почему-то не

нравилась эта сфера его деятельности. Кажется, что-то связанное с поставками продуктов из Германии. Точнее я не могу сказать, извините.

— Как вы считаете, Сергей Алексеевич, Глушков мог покончить жизнь самоубийством?

Архипов задумался. Затем покачал головой:

— Не думаю. Это был сильный человек. Нет, не думаю. Он не любил проигрывать, сдаваться, всегда шел до конца. Нет, не думаю. А почему вы спрашиваете? Что произошло на даче?

— Если вы дадите мне слово, что никто не узнает о нашем разговоре, я расскажу вам все.

— Безусловно. Я все понимаю. И чем вы занимаетесь, и как важно сохранять в секрете любые разговоры. Так что там случилось?

— Его нашли мертвым.

— Инфаркт?

— Нет. Его застрелили. Пистолет исчез. Исчезла также уникальная коллекция монет.

— Так, — нахмурился Архипов, — значит, так... — Он снял очки, протер их платком и снова надел.

— Поговорите с членами его семьи, — мрачно посоветовал он, — поговорите с соседями. Он не мог застрелиться. Это убийство. Самое настоящее убийство. Почему же Вероника Андреевна мне ничего не сказала?

— Сотрудники ФСБ не рекомендовали говорить об убийстве, — пояснил Дронго. — На понедельник назначены похороны. Должен прилететь сам президент, который лично знал Глушкова. Поэтому весьма нежелательно, чтобы до этого момента кто-нибудь узнал истинную причину смерти академика.

— Я вас понимаю, — подавленно произнес Архипов. — Даже представить себе невозможно, кто мог убить Федора Григорьевича. Какое-то дикое преступление. Разве поселок не охранялся?

— Конечно, охранялся. И тем не менее непоправимое произошло.

— Он был один?

— Да. Во всяком случае, из членов семьи в доме никого не было. И в гости к нему никто не приезжал.

— А соседи? Там ведь полно домов. Кто-нибудь проверял его соседей?

— Проверяют, — вздохнул Дронго, — но среди его ближайших соседей заместитель министра иностранных дел Романовский и руководитель таможенной службы Лопатин. А третьего соседа вы знаете. Это Абрам Моисеевич Перельман, вице-президент Академии наук. Я не думаю, что нужно подозревать Перельмана или кого-то из соседей, хотя проверять будут всех без исключения.

— Ну уж, конечно, не Перельман, — оживился Архипов, — это абсолютно исключено. Абрам Моисеевич и мухи не обидит.

— Вот видите. Дочь живет за рубежом. Сына не было дома. Жена осталась в Москве. А Федор Григорьевич убит. Коллекция пропала. И никаких следов.

— Кто его обнаружил? Жена? Сын?

— Водитель. Они с охранником разбили стекло и проникли в дом. Тогда и увидели убитого Глушкова.

— Какое несчастье, — пробормотал Архипов. — Как это страшно и нелепо! Неужели его убили из-за этой коллекции? Не может такого быть. Просто не может быть.

Дронго молчал. Он видел, как искренне переживал его собеседник смерть друга, и даже пожалел, что невольно причинил ему боль. Но уйти, не сказав правды, он не имел права. Иначе доверительный разговор с академиком превратился бы в обман. А ему не хотелось обманывать Сергея Алексеевича даже во имя высокой цели. К тому же правду скрыть было невозможно: к понедельнику Архипов узнал бы всю правду. И тогда он понял бы, что Дронго его обманывал.

— У меня последний вопрос, — сказал Дронго. — Извините, что вынужден задать его вам. Как вы думаете, жена или сын могли решиться на подобное?

— Нет! — замахал руками Архипов. — О чем вы говорите?! Вы с ума сошли! Вы же сами сказали, что их не было на даче.

— Я имел в виду — не лично. Может, они кого-то наняли, кому-то поручили. Ведь Глушков был состоятельным человеком...

— Хватит, — простонал Архипов. — Я даже слушать такое не могу. Чтобы Олег или Вероника... Нет, нет. Для такого предположения я должен быть человеконенавистником. Нет, никогда. Олег — не идеальный сын, а Вероника могла быть не идеальной женой, но такое... Никогда.

— Спасибо, Сергей Алексеевич. — Дронго поднялся и протянул руку Архипову.

— Подождите! — неожиданно сказал академик. — Я вспомнил о Романовском. Кажется, он тоже известный нумизмат. Я знаю, что они часто встречались с Федором Григорьевичем и обсуждали новые приобретения. Конечно, я понимаю, что он замминистра иностранных дел, а не убийца, но коллекционеры обычно народ немного чокнутый. Извините, что я вам об этом сказал, но мне показалось, что сообщить вам такую информацию все-таки следовало.

Дронго попрощался и вышел из кабинета. Из приемной он выходил, провожаемый восторженным взглядом девушки, сидевшей на месте заболевшей секретарши.

«Романовский... — подумал Дронго. — А почему бы и нет? Ведь, как было сказано, все коллекционеры — люди немного чокнутые».

ГЛАВА 5

Он не сумел попасть домой вовремя. С половины двенадцатого у его дома в машине Леонида Кружкова сидел Эдгар Вейдеманис. Постоянные автомобильные пробки в центре города, ставшие в последнее время настоящим бедствием для жителей столицы, не позволили ему приехать вовремя. Когда он появился у дома, стрелки показывали первый час. Рядом с автомобилем Кружкова была припаркована машина Потапова.

Дронго, выйдя из автомобиля, помахал рукой друзьям, чтобы они его ждали, и подошел к машине генерала.

— Добрый день, — поздоровался он с Потаповым, усаживаясь рядом с ним на заднее сиденье. — Что-то случилось?

— Да, — вздохнул Леонид Александрович. — Мне устроили такую выволочку. Обвинили в авантюризме и нарушении служебной дисциплины. В общем, не хочется вспоминать. Хотя я все равно упросил моего руководителя разрешить вам продолжить расследование. Под мою личную ответственность.

— Вы ставите свою карьеру на кон, — нахмурился Дронго. — Это не азартные игры, Леонид Александрович, здесь такие ставки очень опасны. А если я не смогу вам помочь?

— Тогда меня отправят в отставку, — вздохнул Потапов. — Но вы не знаете главного. Мы просмотрели все наши пленки, и одна из боковых камер показала, что несколько человек проходили в сторону дачи Глушкова. Это вовсе не означает, что они убийцы, но на пленке эти люди есть. Хотя, конечно, мы не сможем их допросить. Возможно, они просто вечером гуляли.

— Кто? — коротко спросил Дронго.

— Соседи, — снова вздохнул Потапов. — Возможно, они проходили мимо дома Глушкова и совсем не обязательно должны были в нем появиться...

— Кто именно и в каком порядке? — довольно невежливо перебил его Дронго.

— Сначала шел Лопатин, затем Романовский. И последней — дочь Перельмана.

— Пленка зафиксировала время их возвращения?

— Нет. Они, очевидно, делали круг, обходя дом с другой стороны. Так было удобнее пройти к своим дачам.

— И больше никого?

— Никого. Но эта камера была установлена для наблюдения за ближней дорожкой, рядом с оградой, поэтому изображения несколько смазаны. Но узнать всех троих можно. Учтите, что их появление еще ни о чем не говорит. К дому можно было подойти с другой стороны и остаться незамеченным.

— Вы передали пленку в ФСБ? — спросил Дронго.

Потапов усмехнулся:

— Вы сами сказали, что я поставил на кон свою карьеру. Почему я должен делать такой подарок Земскову? Сегодня суббота, нерабочий день. Мы передадим им пленку в понедельник. Как и положено по закону. Сначала пошлем в прокуратуру, следователю. А копию — в ФСБ. Раз они такие законники.

— Вы хотите, чтобы я использовал эти два дня, — понял Дронго.

— Очень хочу, — подтвердил Потапов. — У нас должен быть козырь, о котором они бы не знали. Хотя я уверен, что ни один из троих не мог ни убить Глушкова, ни похитить его коллекцию монет. Нет, я уверен: такое просто невозможно...

— У них в руках ничего не было? — спросил Дронго. — Не видно, чтобы они несли какой-то предмет?

— Нет, конечно. Хотя... да. У Романовского в руках была небольшая сумка, но я не думаю, что он прятал в ней оружие. И вообще это нелепая идея. Подозревать заместителя министра иностранных дел... Чушь какая! Нет, мы никого не подозреваем. Но, возможно, кто-то из них мог видеть постороннего, пытавшегося проникнуть на дачу к Глушкову.

— Вы сказали, что с соседями разговаривали следователи?

— Вы же понимаете, как они разговаривали. Зашли, извинились, спросили, не были ли слышны в их доме звук выстрела или крики. Естественно, никто ничего не слышал. Следователи извинились и ушли. Чтобы допрашивать людей такого ранга, нужно иметь личное согласие генерального прокурора страны. Никак не меньше...

— А мне такое разрешение не нужно, — понял

Дронго. — Ведь я не государственный служащий, а частный эксперт.

— Вы правильно поняли мой план, — кивнул Потапов. — Остается только побеседовать с каждым из них.

— Сначала нам нужно поехать в институт, где работал Глушков, — напомнил Дронго. — Если хотите, поедем на моей машине. Или на вашей.

— Отпустите своего водителя, — предложил генерал. — Поедете со мной. Кстати, вы можете отпустить и ваших помощников. Зачем вы их позвали?

— Вы их увидели, а мне ничего не сказали, — покачал головой Дронго. — Я думал, вы не обратили на них внимание.

— Я все-таки работал в ФСБ, — напомнил Потапов. — И, между прочим, звание генерала получил в этом ведомстве.

— Но теперь вы его не очень любите, — заметил Дронго. — Я хотел, чтобы они мне помогли.

— Не нужно, — попросил генерал. — Одно дело, когда вы ведете расследование в одиночку как мой старый знакомый и частный эксперт. И совсем другое, когда действует группа людей, которых мы не имели права посвящать в подробности дела. Тогда неприятности мне будут гарантированы, независимо от исхода вашего расследования.

— Понятно, — вздохнул Дронго. — Хорошо, я отпущу своих людей. Подождите меня здесь.

Подойдя к машине, где сидели Кружков и Вейдеманис, он сказал:

— Вы мне сегодня не понадобитесь. У нашего генерала небольшие неприятности. И он просит, чтобы сегодня у меня не было помощников.

— Что произошло? — поинтересовался Эдгар.

— Они нашли пленку, которая зафиксировала, как соседи Глушкова проходят мимо его дома. И пленку до понедельника они не хотят отдавать. Выигрывают для меня время. Генерал поставил условие: если я буду действовать один...

— Как частный эксперт, — понял Вейдеманис.

— Вот именно. Ждите моего звонка. Может, мне действительно удастся что-нибудь узнать в оставшиеся два дня.

— Удачи, — пожелал Эдгар.

Дронго вернулся к автомобилю Потапова.

— Поехали, — сказал он, — мне нужно встретиться с руководством института, где работал Глушков. Сколько у него было заместителей?

— Двое. Савицкий и Туманян. Хотя формально руководителем считался Савицкий. Туманян отвечал за хозяйственную деятельность.

— Ясно. Я думаю, они будут в институте. Но

там вполне могут оказаться и ваши бывшие коллеги...

— Вот именно, — мрачно подтвердил Потапов. — Мне иногда кажется, что вы сознательно нарываетесь на неприятности. Пока они не знают о нашей пленке, давайте вернемся и постараемся поговорить с каждым из тех, кто был рядом с домом Глушкова в тот вечер. Вместо этой поездки в институт. Что вы там узнаете? Новые экономические теории? Или как они расходовали свои деньги? Не вижу смысла в этой поездке. Мы только вызовем раздражение у Земскова и его сотрудников. Вы же понимаете, ему сразу доложат о вашем визите.

— Не сомневаюсь. Но мне кажется, что вы сами должны настаивать на моей поездке в институт...

— Почему? — нахмурился Потапов.

— Во-первых, это отвлечет внимание Земскова от дачи и переключит его на другой объект. Во-вторых, у нас появится дополнительное время. И, наконец, самое важное. Нельзя расследовать убийство такого известного человека, каким был Глушков, ни разу не побывав там, где он работал. Это невозможно. Хотя бы потому, что мне нужно знать, какое у него было настроение в день перед смертью, какие проблемы его волновали, с кем он беседовал.

— Его кабинет уже наверняка опечатали сотрудники прокуратуры, — напомнил Потапов, — поэтому при всем желании мы не сможем туда войти. Я не буду срывать пломбу прокуратуры, вы это прекрасно понимаете.

— Этого не понадобится, — успокоил собеседника Дронго. — Мне нужно поговорить лишь с его заместителями. Заодно постараюсь разговорить и его секретаря. Обычно личные секретари знают о своих начальниках гораздо больше, чем собственные жены. Или вы так не считаете?

— Делайте, как хотите, — согласился генерал. — В конце концов, я вам обрисовал ситуацию. И если мы ошибемся, меня не просто уволят. Меня разжалуют, наказав за пленку, которую я скрывал два дня. И никто за меня не заступится. Такие вещи не прощают.

— У вас еще есть время изменить ситуацию, — заметил Дронго. — Давайте развернем машину и поедем назад, к вам. Вы отвезете свою пленку Земскову, а меня оставите дома. И на этом закончим наше расследование. Такой вариант вам больше нравится?

— Какая разница? — пожал плечами Потапов. — В этом случае меня уволят уже в понедельник, сразу после похорон. Нам трудно будет объяснить президенту, как убийца попал на территорию охраняемого объекта. Так и произойдет, если мы не найдем настоящего убийцу. У меня нет выхода, Дронго. Вы — мой единственный шанс. Только это не дает вам права безумствовать и делать все, что заблагорассудится.

— Какого же вы обо мне плохого мнения, — покачал головой Дронго. — Можно сказать, что я — ваш будущий благодетель, а вы говорите про меня такие гадости.

— Я не настроен шутить, — заметил генерал. — Иногда мне кажется, что в ваших расследованиях есть элемент мистики, ирреальности. Вы сами не понимаете, каким талантом обладаете. Очевидно, бог раздает таланты не самым серьезным людям. Моцарт, Пушкин, Дали... Если я буду продолжать, список получится длинным...

— Прекрасный список, — усмехнулся Дронго, — вы сейчас напоминаете мне Сальери. «Ты, Моцарт, недостоин сам себя». Только я с вами не согласен. Меня нельзя зачислять в этот ряд. Названные вами люди были гениальны, поэтому относились к жизни иронично. Они живут в других измерениях, Леонид Александрович. Им не нужно ничего доказывать, им неведомо чувство зависти, мести, они не думают о карьере. Есть прекрасное определение двух типов людей – гения и просто талантливого человека. Талантливый человек попадает в цель, в которую никто другой попасть не может. А гений попадает в цель, которую никто, кроме него, не видит. Поэтому успокойтесь. Я всего лишь хороший ремесленник. Аналитик, которого жизнь заставила применять свои познания, чтобы выжить. Обычный частный эксперт. Не больше и не меньше.

– Если вы сумеете раскрыть убийство Глушкова до понедельника, я первый скажу, что вы гений, – пробормотал Потапов.

– Почему вы так уверены, что его убили? Может быть, это самоубийство?

– А где пистолет? Я обязан верить только фактам. И пока мне не покажут пистолет, из которого он застрелился, я не поверю. Кроме того, самоубийцы обычно стреляют себе в голову или в рот, но никак не в сердце. Можно промахнуться.

– Вы еще посмотрите его завещание, – возразил Дронго. – Есть ученые, которые завещали свои головы, включая собственные мозги, научным учреждениям. Так поступил, например, великий Эйнштейн. Может, Глушков завещал свой мозг какому-нибудь институту и поэтому решил выстрелить в сердце, чтобы не повредить голову.

— Вы серьезно говорите или опять шутите?

— Конечно, шучу. Мнение о погибшем у меня уже начинает складываться. И я не уверен, что такой сильный человек мог застрелиться, не оставив записки.

Потапов согласно кивнул и надолго замолчал. Автомобиль мчался по направлению к институту. В субботнее утро машин было меньше обычного, и уже минут через двадцать они прибыли на место. Генерал вышел из машины и недовольно огляделся, словно рассчитывая увидеть сотрудников ФСБ, выстроившихся вокруг института. Но перед зданием никого не было. С десяток автомобилей стояло на площадке, да одиноко сидел дежурный, читавший газету. Увидев прибывших, он поднял голову и, ни слова не сказав, снова углубился в чтение.

В здание института Потапов и Дронго вошли вместе. У входа сидел охранник.

— Вы к кому? — поинтересовался он.

— К Савицкому или к Туманяну, — пояснил Потапов. — Мы из службы охраны. Вот мое удостоверение.

Охранник внимательно изучил документы и кивнул:

— Можете пройти. У нас сегодня бюро пропусков не работает. Вы, наверное, из-за смерти Федора Григорьевича приехали? Вчера из прокуратуры много народу приезжало. И из КГБ тоже.

— КГБ уже давно нет, — жестко заметил Потапов.

— Какая разница? — резонно возразил охранник. — Ну пусть будет ФСБ. Как название ни меняй, все равно люди будут называть их КГБ. И гаишников напрасно поменяли. Все равно они для нас гаишниками останутся. А Савицкого и Туманяна найдете на четвертом этаже. Там же, где был кабинет Федора Григорьевича.

Дронго, сдерживая улыбку, последовал за Потаповым.

— В этих научных учреждениях даже охранники и уборщицы становятся философами, — заметил Леонид Александрович.

Они поднялись на четвертый этаж. В коридоре несколько мужчин курили и тихо переговаривались друг с другом. Очевидно, все были потрясены известием о смерти руководителя института.

— Где кабинет Савицкого? — строго спросил Потапов. Кто-то из мужчин показал в глубь коридора. Они прошли в приемную. Здесь находились кабинеты двух заместителей директора — Савицкого и Туманяна. За столом секретаря сидела немолодая, лет шестидесяти, женщина.

— Здравствуйте, — отрывисто бросил Потапов, — мы из службы охраны. Господин Савицкий у себя? У нас к нему важное дело.

— Я понимаю, — поднялась со стула женщина, — но его нет. Вызвали в президиум Академии наук. Они готовят похороны Федора Григорьевича. Вы, наверное, по этому вопросу?

— Возможно, — уклонился от прямого ответа Потапов. — А Туманян на месте?

— Борис Арсенович у себя. Сейчас у него руководитель отдела, но вы можете войти. Я ему сообщу о вас.

Сев на место, она подняла трубку одного из телефонов:

— Борис Арсенович, к вам приехали сотрудники службы охраны. Они хотят поговорить с вами. Можно им войти? Они в приемной.

Она выслушала ответ и, положив трубку, сказала:

— Можете пройти.

Потапов прошел первым. В небольшом кабинете за столом сидел коренастый крепыш. Его лысая голова напоминала бильярдный шар. Увидев гостей, он поднялся, кивнув своему собеседнику, мужчине средних лет. Тот, поправляя очки, извинился и быстро вышел из кабинета.

— Усаживайтесь, — глухо предложил Туманян, указав на стулья, стоящие у приставного стола.

Дронго обратил внимание на мебель в кабинете. В условиях, когда большинство научных учреждений с трудом сводили концы с концами, в кабинете и в приемной была немецкая офисная мебель, за которую, очевидно, были уплачены немалые деньги. Институт Глушкова явно не бедствовал. «Хотя, — подумал Дронго, — институты, появившиеся в последние десять лет и занимавшиеся экономикой или проблемами переходного периода, жили неплохо, в отличие от традиционных НИИ, вынужденных сдавать свои помещения в аренду, увольнять сотрудников и годами не получать должного государственного финансирования».

— Я вас слушаю, — вздохнул Туманян. — Вы, наверное, по поводу похорон Федора Григорьевича? Мы уже занимаемся этим вопросом.

— Нет, — ответил Потапов, взглянув на Дронго. — Мы хотели задать вам несколько вопросов.

— Пожалуйста, — кивнул Туманян. — Вчера нас весь день допрашивали сотрудники прокуратуры. Я готов ответить и на ваши вопросы.

— Вы давно работаете в институте? — спросил Дронго.

— С момента его основания. С восемьдесят восьмого.

— И вашим директором всегда был Глушков?

— Конечно. Он и создал наш институт. Даже когда Федор Григорьевич был назначен вице-премьером, он оставался директором. А исполняющим обязанности был Савицкий. Кстати, он должен скоро приехать...

— Значит, вы хорошо знали Федора Григорьевича?

— Очень хорошо. Прекрасный был человек. Умница, тактичный, выдержанный, мудрый. Красивый. Женщинам очень нравился. Такого человека потеряли...

— В четверг вы были на работе?

— Весь день. И ушел позже всех, в восемь вечера.

— Когда в тот день вы видели последний раз академика Глушкова?

— Когда он уезжал на дачу. Я зашел к нему подписать документы, и он уже собирался уезжать. Он подписал документы и быстро ушел.

— В каком он был настроении?

— В обычном. Правда, был очень уставший.

В последнее время я чувствовал, что у него появились какие-то проблемы, но он никогда ничего не рассказывал. А я не так воспитан, чтобы спрашивать об этом. Тем более такого человека, как Федор Григорьевич.

— И ничего необычного вы не заметили?

— Нет, ничего. Ему позвонили на его городской телефон, и он взял трубку. Кажется, звонил кто-то из членов семьи, точно не знаю. Но он коротко сказал: «Увидимся дома». И начал собирать вещи.

— Кто звонил, вы не уточнили?

— Нет, конечно. У нас не принято задавать такие вопросы.

— Он уехал в плохом настроении?

— Этого я не заметил.

— Вы не знаете, у Глушкова мог быть пистолет? Может быть, ему подарила какая-нибудь делегация и он лежал у него в кабинете?

— Пистолет? — не понял Туманян. — У него никогда не было пистолета. Ружье у него, кажется, было. Но про пистолет я ничего не знаю.

— У института были какие-нибудь проблемы в последнее время?

— А вы знаете организации, где нет проблем? — удивился Туманян. — Конечно, были. Полно всяких проблем. Но если вы думаете, что Федор Григорьевич умер из-за этого, то ошибаетесь. Он никогда не жаловался на сердце. Возможно, внезапный инфаркт. У него ведь было столько стрессов. Когда в первый раз ушел из правительства, было легче. А во второй раз кто только его не ругал, особенно газетчики. Одна статья очень подлая была. «Стратегический пессимист» называлась. Он ведь первым стал говорить о вреде государственных облигаций, по которым платили неслыханные проценты. А когда в августе девяносто восьмого дефолт случился, вот здесь все его правоту и признали. Тот же журналист потом сюда приезжал, хотел написать репортаж про академика, который оказался умнее других. Но Глушков его не принял. Очень принципиальный мужик был, очень честный. Если бы в правительстве все были такие, мы бы давно жили, как в Швейцарии или Норвегии.

— А враги у него были?

— Сколько хотите. Думаете, всем было приятно, когда он называл вещи своими именами? Воров называл ворами, говорил о преступной приватизации, об олигархах, которые воспользовались несовершенством законов. Он вообще считал, что нужно пересмотреть итоги приватизации, когда за бесценок продавались самые крупные предприятия. Его за это многие не любили. Одному нефтяному магнату Глушков прямо так и сказал на одном из приемов: «Тебя на нефть посадили, вот ты и считаешь себя самым умным. Только потому, что вовремя успел подсуетиться. Тебе еще компанию сохранить нужно и доказывать, что ты действительно умный человек». Представляете?

— Он был богатый человек?

Туманян нахмурился, почесал лысину.

— Не бедный, конечно, — рассудительно сказал Борис Арсенович. — Столько лет академиком был, на должностях разных. В начале девяностых, когда из правительства первый раз ушел, он создал компанию, которая советы давала иностранцам, как свой бизнес в России вести. Тогда ему за эти консультации хорошо платили. Только он и тогда ничем не злоупотреблял. Интересы страны всегда ставил выше личных. Никогда не работал с клиентами, которые готовы были заплатить любые деньги, чтобы обойти наши законы. Таких он сразу выставлял за дверь.

Потапов взглянул на Дронго, как бы говоря, что они напрасно теряют время.

— Его секретарша на работе? — задал Дронго последний вопрос.

— Нет, она поехала к его вдове. Зоя Павловна работала с Глушковым все последние пятнадцать лет. Она была его правой рукой. Вчера мы даже вызывали «Скорую помощь»: ей стало плохо, когда она узнала о неожиданной смерти Федора Григорьевича... Вообще-то у нас разные слухи ходят со вчерашнего дня. Некоторые даже глупости разные говорят, но я все это решительно пресекаю. Не таким человеком был Глушков, чтобы в грязи испачкаться. Кремень был, мужик настоящий. Теперь таких мало.

Потапов еще раз посмотрел на Дронго.

— Спасибо, — сказал тот, поднимаясь со стула, — вы нам очень помогли. Когда похороны?

— В понедельник, в четыре часа. А с двенадцати будет прощание. Говорят, сам президент обещал приехать. Ну и наши академики, конечно, все придут. Савицкого для того и вызвали, чтобы все нормально подготовить. Я не знаю, что с нами будет. Институт держался исключительно на авторитете Федора Григорьевича, — в голосе Туманяна впервые прозвучала растерянность.

— До свидания, — протянул ему руку Дронго.

Когда они вышли из кабинета, Потапов недовольно заметил:

— Я вам говорил, что не стоило приезжать. Теперь можно ехать на дачу, уже третий час.

— Нет, — возразил Дронго, — мы поедем к Веронике Андреевне.

— Сейчас там столпотворение! — рассердился Потапов. — Вы хоть понимаете, что говорите?

— Поехали, — не стал ничего объяснять Дронго. — У меня появились первые догадки, как был убит Глушков.

ГЛАВА 6

У подъезда дома на Кутузовском проспекте, где жил академик Глушков, толпились люди. Утром сообщение о его смерти повторили, и к дому начали подтягиваться его бывшие коллеги. Приехал министр финансов, чтобы выразить свои соболезнования вдове Федора Григорьевича. В доме ощутимо чувствовалось два центра, делившие всех приехавших на две части. Большая часть бывших учеников Глушкова, родственников и знакомых подходила выразить свое соболезнование Алле, старшей дочери, прилетевшей на похороны отца из Швеции. Это вызывало явное неудовольствие Вероники Андреевны. Меньшая часть приехавших традиционно подходила к ней, как вдове покойного. Лишь очень немногие тактично выражали соболезнование обеим женщинам.

Алла, крупная женщина с резкими, грубыми чертами лица, была похожа и на отца, и на мать. Но если тяжелый подбородок и крупный нос были достоинствами лица Федора Григорьевича, то у Аллы они обернулись недостатком.

Алла, одетая во все черное, принимала соболезнования в кабинете отца, нисколько не сомневаясь, что является такой же хозяйкой траурной церемонии, какой была и ее мачеха. Олег суетился где-то внизу, отвечая на вопросы прибывающих. Он старательно уклонялся от темы внезапной смерти отца, но слухи уже распространились по городу, и многие, выражая соболезнования, испытующе вглядывались в лицо Олега Федоровича, пытаясь разгадать тайну смерти его отца.

Вероника Андреевна большую часть времени находилась в гостиной, лишь изредка уходя в спальню. Она замечала, как ведет себя падчерица, и от этого ее мрачное настроение усугублялось. Отвечая на соболезнования приехавших, она все время думала об Алле. Конечно, нужно будет передать детям кое-что из личных вещей мужа. Возможно, его книги, если они, конечно, захотят их взять. Естественно, не самые ценные, но кое-что из книг она могла бы им отдать. Костюмы мужа, семейные фотографии, его папки с научными разработками — все эти реликвии мог забрать сын покойного. Если Алле нужна будет какая-нибудь безделушка, она охотно уступит ей любую понравившуюся вещь. Но квартира, мебель, картины, среди которых были неплохие работы современных художников, все ценности, оставшиеся после смерти Федора Григорьевича, и его деньги должны перейти только ей.

Она помнила, как муж передал Алле почти все драгоценности своей первой жены. Веронике Андреевне он объяснил причины своего поступка нежеланием видеть на ком-нибудь, кроме дочери, эти кольца и серьги. Конечно, Вероника Андреевна, только вошедшая в этот дом, не посмела возражать. Она тогда еще не чувствовала себя здесь достаточно уверенно, поэтому молча проглотила обиду, хотя считала разумным, если бы все это досталось ей. Но Федор Григорьевич решил иначе. Вероника Андреевна не решилась возражать. Она по-своему любила покойного мужа и хорошо к нему относилась, но ей все время казалось, что детям он уделяет больше внимания, чем ей. Несмотря на все ее попытки несколько сменить акценты и обратить внимание Глушкова на ее собственную дочь, он не очень менялся. Хотя ее дочери он тоже помогал. И когда она уезжала в Америку, и позже, когда осела там.

Вероника Андреевна нервно подумала, что многие сослуживцы мужа ее не любят, считают наглой выскочкой, сумевшей ухватить одинокого вдовца. Конечно, ей было приятно, что он был богат и известен. Это сыграло самую важную роль в их отношениях. Подругам она говорила, что выбрала Федора Григорьевича не из-за его известности и богатства, а из-за ума и характера, которые она сразу оценила. В этих словах была лишь доля правды. Он действительно обладал и умом, и характером, но, если бы они не преломлялись в известность и большие деньги, он не был бы ей столь интересен, как не были интересны ей некоторые его академические друзья, добившиеся больших успехов в своих областях, но с трудом сводившие концы с концами. Особенно она не любила двух филологов, часто приходивших к Глушкову. Литература и филология оказались неприбыльным и бесперспективным занятием в новой России, и, естественно, это сказывалось на доходах, а отсюда — на внешнем виде друзей Глушкова. Вероника Андреевна с молчаливым возмущением наблюдала, как ее муж принимает этих оборванцев. Он постоянно возил их обедать в известные рестораны и за все платил сам, что вызывало растущее раздражение супруги. «Больше они здесь никогда не появятся, — с какой-то тайной радостью подумала она. — И некому будет их кормить. Пусть теперь ищут себе других спонсоров».

В гостиную вошли Дронго и генерал Потапов. Оглянувшись по сторонам, Дронго увидел у окна высокую красивую молодую женщину. Очень красивую, словно сошедшую с обложки модного журнала. Она смотрела в окно и разговаривала с сидевшей рядом женщиной. Дронго подумал, что такие женщины обычно бывают топ-моделями в известных агентствах. Интересно, кем она приходится хозяйке дома?

Вероника Андреевна заметила вошедших. Еще вчера она обратила внимание на Дронго. Умный взгляд, спокойный, целеустремленный. Кажется, он ее возраста или чуть моложе. «Интересно, он женат или нет? Впрочем, какая разница. Судя по одежде, он достаточно богатый человек». Доходы всех трех ее мужей позволяли ей пользоваться услугами самых дорогих магазинов не только в Москве, но и в европейских странах, за много лет она научилась отличать дорогие вещи от ширпотреба. На Дронго был очень дорогой итальянский костюм. Она оценила покрой и качество ткани, его светло-голубую рубашку с запонками, галстук и платок, небрежно смятый в нагрудном кармане. Он не был похож на обычных следователей, которые ее допрашивали. Те были в одинаково серых безликих костюмах и таких же безликих галстуках. Кроме того, на ногах Дронго была мягкая кожаная обувь. Но главное, на что она сразу обратила внимание, — это был запах. Запах дорогого французского парфюма. «Фаренгейт», который ей так нравился. «Наверное, он генерал или руководитель управления», — подумала она. Направляясь к гостям, вдова пыталась сохранить скорбное выражение лица и не улыбаться. В конце концов, она еще молодая женщина и должна думать о своей дальнейшей жизни. А этот человек ей нравился.

Потапов поздоровался, но она не обратила на него внимания. Слегка кивнув ему, она взглянула на Дронго.

— Здравствуйте, — вежливо поздоровался тот, — примите еще раз наши соболезнования.

— Спасибо, — вздохнула она. — Вчера вы меня поддержали. Среди всех, кто там работал, вы были единственным интеллигентным человеком.

Потапов усмехнулся, но промолчал.

— Я хочу задать вам несколько вопросов, — обратился Дронго к вдове. — Мы можем поговорить в другой комнате?

— Конечно, — она кивнула кому-то из вошедших и вышла из гостиной, жестом приглашая Дронго следовать за ней.

Потапов двинулся было следом, но, сделав шаг, передумал и остановился около стены, рассматривая картину.

Кроме гостиной и кабинета, в квартире были две большие спальни, одна из которых всегда пустовала. Ее держали для гостей или детей Глушкова, которые раньше иногда приезжали. Но в последние годы дети здесь не появлялись. В спальне Вероники Андреевны был беспорядок, поэтому она пригласила Дронго именно сюда.

Когда они вошли, Дронго нерешительно оглянулся. Все стулья были вынесены в гостиную. Вероника Андреевна прошла к небольшой софе, стоявшей в углу, и села на нее, приглашая гостя занять место рядом. Когда он оказался возле нее, она снова почувствовала аромат его парфюма.

— Я вас слушаю, — сказала она, грустно улыбаясь. — О чем еще вы хотите меня спросить? Кстати, вчера я не совсем поняла вашу должность и ваше имя.

Дронго помнил, что вчера Потапов ничего не сказал о его должности, а она ничего не спрашивала. Очевидно, смерть Глушкова подействовала на нее, вчера ей было не до этого. Но сегодня она уже вполне владела собой и даже улыбалась ему.

— Я частный эксперт, — представился он. — Обычно меня зовут Дронго. Так удобнее.

— А ваш спутник — тоже частный эксперт?

— Нет. Он генерал. Работает в службе охраны.

— Генерал!

Она улыбнулась ему еще шире, словно напарник Дронго неведомым образом придавал большую значимость и ее собеседнику.

Дронго подумал, что иногда женская интуиция приводит к парадоксальным выводам. Если Потапов остался в гостиной, предоставив вести беседу Дронго, значит, фактически он признал лидерство последнего. Именно так и подумала Вероника Андреевна.

— Какое у вас странное имя, — с чувством произнесла она.

— Меня так называют давно, я привык. Скажите, когда вы разговаривали с Федором Григорьевичем в последний раз, вы не почувствовали, что он несколько взволнован?

— Нет, конечно. Иначе я бы сразу приехала на дачу. Нет. Все было как обычно. Хотя он сказал, что чувствует себя немного не в форме. Я посоветовала ему принять аспирин. Если бы я знала, что все так закончится!

— Как вы думаете, кто-нибудь из соседей мог к вам зайти без предварительного звонка? Просто так, по-дружески?

— Нет. Разумеется, нет. В Жуковке не приняты подобные отношения. Там живут достаточно воспитанные люди, занимающие очень высокие государственные должности. Им и в голову не придет зайти к кому-нибудь, предварительно не позвонив. Нет, нет. Это исключено.

— Вчера, рассказывая о своих соседях, вы назвали дочь Перельмана «довольно бойкой особой». Что вы вкладывали в эти слова?

— То и вкладывала, — с раздражением усмехнулась Вероника Андреевна. — Она ведь училась в одном классе с Аллочкой, они одного возраста. Ну и, конечно, с первого класса знала и слышала о друге ее отца. Знаете, как обычно бывает. Молодые женщины часто влюбляются во взрослых мужчин Она успела выйти замуж и быстро развестись. А потом при любом удобном случае старалась попадаться на глаза Федору Григорьевичу. По-моему, она его просто выслеживала. Я могу ее понять. Такая романтическая влюбленность.

Он, конечно, не обращал на нее никакого внимания. Тем более что дружил с ее отцом. Но она иногда проявляла некоторую настойчивость...

— Например?

— Иногда звонила. Передавала приветы от знакомых литераторов или от Аллы, которая почему-то чаще дозванивалась к ней, чем к нам. Обычные женские уловки. Я не обращала внимания на подобные мелочи. Федор Григорьевич умел нравиться женщинам. И это было одно из его главных достоинств.

— Он любил красивых женщин?

— Как и всякий нормальный мужчина. Он понимал толк в красоте, — сказала она, гордо подняв голову, как бы подтверждая фактом своего замужества собственное утверждение.

— Говорят, что у вашего соседа Лопатина тоже красивая жена.

— Это его вторая супруга, — усмехнулась Вероника Андреевна, — но она еще совсем девочка. Ей лет двадцать пять, не больше. Несколько лет назад она победила на конкурсе красоты, кажется, где-то в Африке. Высокая красивая девочка. Но нужно было знать Федора Григорьевича. Он ценил в женщинах не только внешние данные, но и интеллект, внутреннюю красоту. Для него важно было почувствовать, что за человек скрывается за красивой вывеской. Именно поэтому он так замечательно относился ко мне. Супруга Лопатина — прекрасный человек, мы с ней близко сошлись, и, кажется, она единственная, с кем я вообще контактировала на нашей даче. Кстати, она сейчас в гостиной. Приехала выразить соболезнования. Вы, может быть, обратили внимание? Она сидела у окна.

— Не заметил, — соврал Дронго, понимая, как это приятно услышать его собеседнице.

— Ничего особенного, — воодушевилась Вероника Андреевна, — красивое лицо, будто нарисованная картинка. И пустые глаза.

— Вы видели пропавшую коллекцию монет? — Дронго решил сменить опасную тему.

— У него было несколько специальных альбомов. Такие большие альбомы с углублениями в бархатной подложке, куда закладывались монеты. Альбомов было много, по-моему, восемь или девять. Он хранил их дома. Но два альбома всегда в сейфе или в ящике его стола. Именно эти два альбома Федор Григорьевич взял с собой на дачу. Кажется, два дня назад. Я видела, как он их брал. Там были самые ценные экземпляры. Он сам говорил, что некоторые из этих монет абсолютно уникальны. Я не знаю, сколько они стоят, но, думаю, несколько сотен тысяч долларов. И именно эти два альбома пропали. Мы обыскали с Олегом все — в кабинете, в столе. Потом, вернувшись домой, я проверила сейф. Двух самых ценных альбомов нигде не было. Я, конечно, сообщила об этом следователям прокуратуры, рассказала им про альбомы. Они решили, что уточнят в клубе нумизматов, какие монеты там были. Или у Романовского, если, конечно, он вспомнит, какие экземпляры хранились у Федора Григорьевича. Я вспомнила, что был еще каталог, в котором содержались сведения о всех монетах, которые хранились у мужа, но мы его тоже не можем найти. Иначе мы бы вспомнили, какие монеты пропали. Но я точно знаю: пропали два самых ценных альбома, лучшие монеты из его коллекции.

— Романовский у вас часто бывал?

— Иногда бывал. Он тоже известный нумизмат. Но я и мысли не допускаю, что он мог решиться на такое. Из-за монет убить соседа... Он же не бомж, а заместитель министра иностранных дел страны, его часто по телевизору показывают...

— Вы думаете, люди, которых показывают по телевизору, не могут быть банальными ворами? — усмехнулся Дронго. — Еще как могут!

Помните скандал с книгой, когда авторы, не написав ее, получили по сто тысяч долларов? Нас ведь уверяли, что они самые порядочные и честные люди на свете. Вся страна знала, что это не так, но чиновники были убеждены в своей безнаказанности.

— Я не думаю, что он мог убить, — испугалась Вероника Андреевна. — Из-за каких-то монет решиться на преступление? Нет, я не думаю.

— Вы его хорошо знаете?

— Как и остальных. Не очень близко. Они обычно запирались в кабинете и рассматривали монеты, обсуждая какие-то детали.

— Он знал, где Федор Григорьевич хранил монеты?

— Знал, — кивнула она, чуть прикусив губу.

— В день убийства вы все время были дома?

— Зачем вы меня об этом спрашиваете? — обиделась она. — Думаете, что я могла решиться на такое ужасное преступление?

— Абсолютно уверен, что нет. Но за вами могли следить...

— Не знаю. Обычно я не обращаю внимание на взгляды мужчин. Я к ним привыкла. И мне трудно отличить обычный интерес мужчины от взгляда возможного наблюдателя.

В свои годы она еще умела флиртовать и нравиться мужчинам. Дронго оценил ее замечание и улыбнулся:

— Вы можете рассказать, где были в тот день?

— Конечно, могу. Следователи тоже меня об этом спрашивали. Утром Федор Григорьевич уехал на работу. Примерно в двенадцать я вызвала свою машину и поехала к маникюрше. Потом заехала в фитнес-центр и где-то к четырем вернулась домой. Вечером ко мне должны были приехать мои подруги.

— Приехали?

— Одна из них, да. Мы с ней пили чай. Если хотите, вы можете позвонить ей и все проверить, — с некоторым вызовом сказала она.

— Уважаемая Вероника Андреевна, — мягко сказал Дронго, — не нужно обижаться на мои вопросы. Моя задача — установить истину. Я прекрасно понимаю, что вы не могли, приехав на дачу, перелезть незаметно через высокий забор, застрелить своего мужа, а потом так же незаметно уйти, забрав оружие. Я эксперт-аналитик, а не фантаст. Поэтому прошу вас не нервничать. Хотя в вашем положении я, наверное, тоже бы нервничал. А Федор Григорьевич заезжал домой в обеденный перерыв?

— Да. Он часто обедал дома, не любил, когда его кормят казенными разносолами. И в институте редко обедал. Да, он заезжал домой перекусить. Кухарка у нас работает каждый день, она и накормила его. Можете спросить у нее. Она сейчас на кухне.

— Не нужно. Спасибо вам за все, и прошу меня извинить.

Дронго поднялся, она встала следом.

— Надеюсь, я ответила на все ваши вопросы, — улыбнулась она.

— На все, — подтвердил Дронго.

Он поцеловал протянутую руку, после чего спросил:

— А с вашей падчерицей можно побеседовать?

Улыбка сползла с лица Вероники Андреевны. Она, чуть нахмурясь, испытующе взглянула на своего гостя. «Нельзя доверять ни одному мужчине», — подумала она.

— О чем с ней говорить? — несколько раздраженно спросила она. — Аллы не было в Москве, когда произошло убийство. Что она может вам рассказать?

— Я хотел бы уточнить некоторые детали взаимоотношений ее отца с соседями.

— Она о них тем более ничего не знает. Лопатины и Романовские переехали уже после того, как Алла уехала с мужем в Швецию.

— Но вы сами сказали, что она училась с дочерью Абрама Моисеевича Перельмана. Или нет?

— Делайте, как знаете, — пожала она плечами, — только разговаривайте в другом месте. Надеюсь, ей не понадобится моя спальня.

Вероника Андреевна, резко повернувшись, вышла из комнаты. «Этот хитрый тип вытянул из меня всю информацию, используя свое обаяние, и этот приятный запах, который остался в спальне», — подумала она. Дронго, понимая состояние вдовы, не посмел ее удерживать, поэтому перешел в кабинет. Там, в кресле отца, сидела Алла. Портрет отца стоял на столике рядом с двумя фотографиями лауреатов Нобелевской премии, коллег по Академии наук. Дронго еще раз подумал, что дочь удивительно похожа на отца.

— Извините, — обратился он к Алле, протиснувшись к столу. В кабинете было гораздо больше людей, чем в гостиной. — Примите мои соболезнования. Но я хотел бы с вами поговорить.

— Спасибо. Кто вы такой?

— Эксперт-аналитик. Я приехал вместе с генералом Потаповым. Меня обычно называют Дронго. Я здесь по поводу смерти вашего отца.

— Следователь уже со мной беседовал, — холодно ответила она. У Аллы был тяжелый внимательный взгляд. Чувствовалось, что она — властная женщина, которая привыкла все решения принимать самостоятельно.

— Нам нужно поговорить. Это касается вашего отца, — настаивал Дронго.

— Прямо сейчас и здесь? — удивилась Алла. — Может, это можно сделать через несколько дней?

— У меня нет времени, — возразил он. — Послезавтра похороны вашего отца, и мы хотели бы заранее знать ответы на некоторые интересующие нас вопросы.

— Хорошо, — она поднялась, — пойдемте к соседям. Здесь нам все равно не дадут поговорить.

Кто-то из подошедших начал выражать Алле соболезнования, и она его поблагодарила. Протиснувшись сквозь плотную толпу в квартире, они вышли на лестничную клетку. Дверь у соседей была открыта.

— Зина, — обратилась Алла к хозяйке дома, которой на вид было лет сорок, — можно мы поговорим у вас дома?

— Конечно, — кивнула женщина, — проходите в кабинет отца.

Алла прошла первой. Очевидно, она и раньше бывала в этой квартире. В просторном кабинете на двух столах были расставлены коллекции камней и минералов, на стеллажах было много книг. Здесь царил тот легкий беспорядок, который бывает в кабинетах ученых, работающих дома.

— Ее отец сейчас в больнице, — пояснила Алла, усаживаясь на потертый диван. — Он известный геолог. Мы переехали сюда практически одновременно.

— Ясно, — Дронго сел рядом с ней. — Когда вам сообщили о смерти отца?

— Сразу же. Олег позвонил и сказал, что отец умер. Он не сказал от чего, и я не стала уточнять. Мы с мужем сразу решили вылететь в Москву. Уже в аэропорту узнали, что он убит. Какие мерзавцы! Я всегда думала, что этим все и закончится.

— Почему?

— У отца было слишком много врагов. Многим чиновникам не нравилась его независимая позиция, его объективные выводы о коррумпированной экономике. Почитайте его выступления — и все сразу поймете. Прежний президент его просто ненавидел. Хотя... кого он любил? Вы помните, как произошел дефолт? Сразу после дефолта к власти пришло правительство Примакова. Отец считал, что они по-настоящему спасают страну, и, когда через некоторое время Примакова и его команду убрали, он написал резкое письмо и выступил в газетах с обвинениями в адрес существовавшего тогда режима. Многие в то время считали, что это была настоящая пощечина власти. И, конечно, отцу не простили такое выступление.

— Сводить счеты сейчас, по-моему, не совсем рационально, — заметил Дронго. — Кроме того, на людей, принимающих решения, и тогда, и сейчас не очень действуют подобные статьи и выступления. Они заняты своими деньгами и по-настоящему суетятся только тогда, когда их доходы реально сокращаются. Все остальное для них — сотрясение воздуха.

— Отец был слишком независимым и самостоятельным человеком, — вздохнула Алла. — Его уважали на Западе. Знаете, сколько соболезнований поступило в институт и академию? И нам звонят беспрерывно.

— Знаю, — ответил Дронго. — Я вчера был на даче и познакомился с вашей мачехой. Звонков действительно было много.

— Уже успели познакомиться, — недобро ус-

убийство. И наверняка здесь замешаны спецслужбы. Нужно опросить всех соседей, может, они видели неизвестных у нашего дома в Жуковке.

— Вы хорошо знаете соседей вашего отца по даче? — спросил Дронго.

— Новых не знаю. Кажется, это Лопатин и Романовский. Они переехали несколько лет назад. А вот Перельмана я знаю хорошо. Мы с его дочерью вместе учились, в одном классе.

Она даже не смогла со мной разговаривать.

— У меня будет к вам не очень скромный вопрос. Извините, что я его задаю. Ваш отец любил красивых женщин?

— Конечно, любил. Только я думаю, что это не было его недостатком. Хотя в отношениях с Вероникой он мог бы быть более осмотрительным.

— Он мог обратить внимание на вашу школьную подругу?

— Наверное, она ему нравилась, — чуть подумав, ответила Алла, — но между ними ничего не было. Нужно знать мою подругу. Она слишком порядочный человек, чтобы дать повод к ухаживаниям женатому мужчине. Хотя, думаю, отец ей нравился. Даже очень нравился. Но между ними ничего не могло быть.

— Спасибо. У меня больше нет к вам вопросов.

мехнулась Алла. — Она теперь мадам Глушкова, и все соболезнования приходят на ее имя.

— Вас это удивляет?

— Мне уже все равно, — призналась она. — У вас есть сигареты? Кажется, я оставила пачку в кабинете отца.

— Я не курю, — признался Дронго.

— Ну и правильно делаете, — кивнула Алла. —

ЧИНГИЗ АБДУЛЛАЕВ

— Вы дружили?

— Почему вы спрашиваете об этом в прошедшем времени? — удивилась Алла. — Мы и сейчас дружим. У нас очень хорошие отношения с Алиной.

— Она разведена?

— Да. Ей попался неудачный муж. Он был такой представительный, красивый, с бархатным голосом. А оказался слизняком и размазней. Иногда попадаются такие мужчины: красивая картинка снаружи и пустота внутри. Вот она и не захотела его терпеть. И, думаю, правильно сделала.

— Она приходила к вам домой — в Москве или на даче?

— Конечно, приходила. Пока я жила в Москве, мы часто общались. Но после моего отъезда

ЧИНГИЗ АБДУЛЛАЕВ

Они вышли из подъезда. Во дворе и на улице перед домом было довольно много людей и машин. Потапов кивнул некоторым знакомым и шепотом сказал Дронго:

— Скандал нам обеспечен. У деревьев стоит группа сотрудников ФАПСИ, которые знают меня в лицо. Думаю, что Земскову станет известно о нашем приезде уже сегодня.

Дронго знал, что в ФАПСИ работают бывшие сотрудники КГБ. Федеральное агентство правительственной связи было выделено в особое ведомство после развала Комитета государственной безопасности, и многие сотрудники ФСБ и ФАПСИ хорошо знали друг друга.

— Они бы все равно узнали, рано или поздно, — заметил он, проходя к автомобилю.

Когда они сели в машину, Потапов спросил у него:

— Как бы вы хотели — будем ждать Лопатина или сразу поедем в Жуковку? Романовский приедет вечером, но Перельман сейчас там.

— Поедем, — ответил Дронго. — С Лопатиным мы успеем поговорить. Едем в Жуковку.

— Наконец хоть в чем-то вы со мной согласились.

— Не нужно нервничать, — снова сказал Дронго. — Честно говоря, я не думаю, что президенту больше понравится ваша версия о заговоре спецслужб. Чтобы утверждать такое, нужны убедительные факты.

— Поэтому мы вас и позвали, — вздохнул Потапов. — Нам нужны хоть какие-то факты, версии, предположения. Иначе я не представляю, что будет.

Машина, въехав на территорию поселка, остановилась у ворот. Подошедший сотрудник взглянул на сидевших в салоне автомобиля. Это был Числов. Узнав генерала Потапова и сидевшего рядом с ним Дронго, он козырнул и сделал знак, чтобы машину пропустили.

— Он ведь прекрасно знает мою машину, — негромко заметил Потапов, когда автомобиль снова тронулся, — но теперь они проверяют все автомобили. Все без исключения. Я не знаю, как закончится ваше расследование, но если к понедельнику мы не будем иметь приличной версии, я подам в отставку.

Автомобиль подъехал к дому, в котором жила семья академика Перельмана. Небольшое двухэтажное здание со скромной темно-коричневой дверью. Дронго и Потапов вышли из машины.

— Вы говорили с дочерью Глушкова, — сказал генерал. — Как она считает, кто мог убить ее отца?

— Алла считает, что с ним свели счеты его политические противники.

— Час от часу не легче, — пробормотал Потапов. — Надеюсь, у нее хватит ума не рассказывать о своих предположениях.

Поднявшись по ступенькам, они позвонили. Никто не ответил. Потапов озабоченно взглянул на Дронго и позвонил еще раз. За дверью было тихо.

— Заснули они, что ли, — раздраженно проворчал генерал и поднял руку, чтобы нажать кнопку звонка в третий раз.

В этот момент дверь распахнулась. На пороге стояла высокая пожилая, лет шестидесяти, женщина, еще сохранившая следы былой красоты. У нее был необычный цвет глаз — изумрудный, загорелая кожа и темные волосы. Очевидно, дверь им открыла супруга Перельмана.

— Здравствуйте, — поздоровался Потапов. — Извините, что беспокоим вас в субботний день. Я генерал Потапов из службы охраны, а это наш эксперт. Мы хотели бы побеседовать с Абрамом Моисеевичем.

— Вы по поводу... поводу Глушкова...

Она не решалась произнести слово «смерть». Было заметно, что она волнуется. Дронго обратил внимание на ее руки. Крепкие, мускулистые. Очевидно, среди ее предков было много крестьян и казаков.

— Да, — кивнул Потапов, — нам нужно поговорить.

— Входите, — пропустила она гостей. — Мы обычно всегда оставляем дверь открытой, поэтому не обратили внимания на звонки. Все знают, что мы никогда не закрываем дверь. Но после этого случая... с Федором Григорьевичем...

Она вздохнула и пошла за супругом.

В центре небольшой гостиной стоял стол, окруженный стульями. Вдоль стен расположились диван, два кресла и телевизор. Через несколько минут в комнату вошел невысокий мужчина в смешной шапочке, напоминавшей тюбетейку. Седые виски, мохнатые брови и твердый взгляд. Следом за ним вошла его жена. Перельман ласково кивнул гостям и сел за стол, приглашая всех последовать его примеру. Хозяйка дома села рядом, словно хотела помочь ему отвечать на вопросы. Дронго и его напарник невольно оказались лицом к лицу с супругами, словно обе пары изначально были обречены на противостояние.

— Извините, Абрам Моисеевич, что мы беспокоим вас в субботу, — начал, немного волнуясь, Потапов, — но мы проводим расследование по факту убийства вашего соседа, академика Глушкова. Поэтому мы вынуждены беспокоить всех его соседей, в том числе и вас.

— Я понимаю, — сказал Перельман. — Мы были потрясены убийством Федора Григорьевича. Вчера к нам приходили ваши коллеги из прокуратуры и... Как называется это ведомство?..

— ФСБ, — подсказала супруга.

— Спасибо, Клавдия. Правильно, ФСБ. Нас уже допрашивали. Но если вы считаете, что нужно продолжить разговор, мы согласны.

Потапов оглянулся на Дронго, словно передавая ему инициативу.

— В ту ночь вы ничего не слышали? — спросил Дронго.

— Ничего, — ответил Перельман. — Если бы отсюда были слышны выстрелы, я бы сразу позвонил в милицию. Или хотя бы вызвал охрану. Нет, мы ничего не слышали.

Его супруга сидела молча, скрестив руки на груди, словно давая понять, что ничего не скажет непрошеным гостям. И не разрешит ничего рассказывать мужу.

— Вы его хорошо знали? — спросил Дронго.

— Очень хорошо, — подтвердил Перельман. — Знаете ли, у нас раньше была собственная дача. В другом месте. Но на ее содержание и охрану нужно было тратить огромные деньги. У меня и у моих детей таких денег не было. И тогда мы решили продать дачу, а Федор Григорьевич предложил мне, как вице-президенту Академии наук, эту дачу в Жуковке. И хотя я сильно сомневался, что это осуществимо, тем не менее он сам провел решение, и мне выделили вот этот дом, в котором мы живем уже много лет. Раньше, когда была жива его первая супруга, мы часто ходили друг к другу в гости.

— А сейчас перестали?

Перельман оглянулся на жену. Она сохраняла непроницаемое выражение лица. Он пожал плечами:

— У него молодая жена, другие интересы. Мы стали меньше общаться...

— И перестали ходить друг к другу в гости? — настаивал Дронго.

— Мы стали меньше общаться, — повторил Абрам Моисеевич.

Его супруге явно не нравился настойчивый следователь.

Но Дронго продолжал:

— Вы хорошо знаете его семью?

— Мне казалось, что знаю. Его старшая дочь училась с нашей младшей. У них прекрасный сын Олег. Добрый, внимательный, ласковый. Сейчас у него семья, дети-близнецы. Олег бросил науку и начал заниматься бизнесом, кажется, поставками продуктов. Прежнюю супругу Федора Григорьевича мы хорошо знали, дружили, много общались.

— Какой он был человек?

— Хороший. Порядочный, прямой, честный. Бескомпромиссный. Я всегда удивлялся, как он может работать в нашем правительстве. Такие люди там обычно долго не задерживались. Его уважали все. Но он дважды подавал в отставку. Вы знаете много чиновников, которые подали в отставку с подобных мест? И по собственному желанию? Вот почему я считаю, что Федор Григорьевич был одним из самых порядочных и принципиальных людей, коих я знал за время своей жизни.

— Прекрасная характеристика, — кивнул Дронго.

— Ничего другого я сказать не могу.

Абрам Моисеевич повернулся к жене и покачал головой. Ему явно не хотелось, чтобы она вмешивалась в разговор. Но она нервничала. Было заметно, с каким трудом она сдерживает свое волнение.

«Почему она так волнуется? – подумал Дронго. – Почему одно лишь упоминание имени Глушкова приводит ее в такое состояние? Нужно понять, что происходит».

– Когда в последний раз вы были на даче Глушкова? – спросил Дронго.

Перельман еще раз посмотрел на супругу. Она тяжело вздохнула, но снова промолчала, давая возможность мужу самому ответить на вопрос.

– Несколько лет назад, – помрачнел Абрам Моисеевич. – Точно я не помню. Мы не фиксируем свои визиты к соседям.

– И вы не можете вспомнить, когда в последний раз были в гостях у вашего коллеги по академии? – не поверил Дронго. – Даже с учетом того факта, что именно Глушков пробил вам эту дачу?

– Мы стали меньше общаться, – не выдержав, вмешалась супруга Перельмана и обиженно добавила: – Вы нас так допрашиваете, как будто мы убили своего соседа.

– А почему вы решили, что его убили? Ведь в сообщении об этом не говорилось.

— Молодой человек... — вспыхнула супруга Перельмана.

— Клавдия... — испуганно попросил он.

— Ничего, — отмахнулась она от мужа. — Молодой человек, — повторила она, обращаясь к Дронго, — должна вам сказать, что нам не нравится манера, в которой вы ведете допрос. Почему вас так интересуют наши отношения с Глушковым? Вам же объяснили, что мы уже давно не были в соседнем доме. По-моему, этого вполне достаточно.

— Возможно, — согласился Дронго. — Но ваша дочь училась в одном классе с Аллой, дочерью Глушкова. Вы ведь сами об этом сказали. Но, видимо, забыли добавить, что она до сих пор поддерживает с Аллой неплохие отношения. Или я ошибаюсь?

— При чем тут наша дочь? — высоким голосом спросила Клавдия Перельман. — Мне кажется, вы уделяете нашей семье слишком большое внимание.

— Ваша дочь бывала на даче у Глушкова? — Дронго не собирался сдаваться.

— Хватит! — поднялась со своего места Клавдия. — Мы больше не хотим с вами разговаривать.

— Клава... — попытался вмешаться Перельман.

— Неужели ты не понимаешь, зачем они пришли? — рассерженно воскликнула его супруга. — Они хотят втянуть в эту историю нашу Алину. Я не позволю...

— Мама, — неожиданно раздался голос у нее за спиной, — не нужно кричать. Может быть, они уже все знают и поэтому пришли именно к нам.

ГЛАВА 8

Все обернулись. В дверях стояла высокая молодая женщина лет тридцати. Под глазами у нее явно обозначились темные круги. Очевидно, смерть Глушкова она переживала гораздо сильнее своих родителей. Овал лица у нее был отцовский, с несколько вытянутым подбородком. Но остальные черты и цвет глаз были от матери. Она была гораздо красивее своей матери. Хорошо сложенная, зеленоглазая, она стояла у дверей и смотрела на присутствующих. На ней была черная прямая юбка и темный джемпер, волосы собраны сзади в пучок.

— Хватит, мама, — обратилась она к матери. — Следователи не приезжают просто так. Неужели ты не понимаешь, почему они здесь?

— Алина! — возмущенно сказала мать. — Ты с ума сошла! Зачем ты вообще спустилась?

— Услышала твой громкий голос и решила, что мне нужно присутствовать при разговоре.

— Я не хочу, чтобы тебя допрашивали, — разволновалась мать. — Это наше с отцом дело, и ты не вмешивайся.

— Мама, — нахмурилась Алина, — я уже достаточно взрослая, чтобы самой решать собственные проблемы.

— Мне кажется, будет лучше, если вы к нам присоединитесь, — мягко пригласил ее Дронго. — И давайте немного успокоимся, иначе напряжение в нашей беседе скажется на электричестве.

Его шутка несколько разрядила атмосферу. Алина сделала шаг к столу. Дронго вскочил и уступил ей свое место. Она поблагодарила его кивком, а он принес из коридора еще один стул.

— Вот видишь, мама, — сказала Алина, — наш гость джентльмен, а ты считаешь его провокатором.

— Поступай, как знаешь, — отрезала Клавдия. — Честно говоря, мне надоели твои выходки.

— Клава, — в который раз укоризненно произнес Абрам Моисеевич.

Как всякий любящий отец, он всегда был на стороне дочери.

Потапов молча слушал эту перепалку, не вмешиваясь. Дронго подвинул свой стул к столу.

— Простите, что так получилось, — пробормотал он. — Я совсем не хотел вас рассердить. Но мне важно знать, почему вы перестали общаться с погибшим.

— Мы не перестали... — попыталась объяснить Клавдия.

— Подожди, — неожиданно твердо прервал ее муж, — пусть говорит Алина.

— Что вы хотите знать? — спросила та.

— Все, — сказал Дронго. — Я хочу знать все о ваших отношениях с семьей Глушкова. Все, что произошло за эти годы.

— Ничего не произошло, — ответила Алина. — Родителям неприятно говорить на эту тему, и, я думаю, вы их понимаете. Внезапная смерть Федора Григорьевича выбила всех нас из колеи.

Перельман тяжело вздохнул, его супруга мрачно молчала. Потапов сидел, не двигаясь, словно опасаясь, что Алина передумает и замолчит.

— Наши семьи дружили, — продолжала Алина. — Мы учились с Аллой в одном классе, дружили, а наши отцы часто встречались в Академии наук. Я часто бывала у Глушковых. Его первая жена меня просто обожала. А потом я вышла замуж. Знаете, как часто бывает... Думала, что нашла идеального мужа. И, конечно, ошиблась. У нас достаточно патриархальная семья, считается, что брак может быть заключен один раз и на всю жизнь. Некоторое время я терпела, но потом решила развестись. Родители меня в этом поддержали, за что я им очень благодарна.

Она кивнула отцу, и он ответил ей улыбкой. Было заметно, с какой любовью смотрит он на свою дочь.

— Супруга Федора Григорьевича тяжело болела. Мы все знали, что она обречена. Мы с Аллой помогали ее отцу, старались поддержать его. А потом она умерла... — Алина тяжело вздохнула. — Он очень тяжело переживал ее смерть. Тогда я часто у них бывала. Нужно сказать, что он был очень интересным человеком, прекрасным рассказчиком. Наверное, я немного увлеклась им... — При этих словах ее мать помрачнела. — Конечно, между нами ничего не было и быть не могло, — сразу сказала Алина, заметив реакцию матери. — Тем более что через некоторое время в жизни Федора Григорьевича появилась Вероника Андреевна. Затем они поженились. Она оказалась непростым человеком. Почему-то сразу невзлюбила всех, кто был связан с прежней жизнью Глушкова. И начала постепенно выживать всех друзей Федора Григорьевича. У Аллы не сложились отношения с мачехой, и она уехала в Швецию вместе с мужем. После их отъезда мы практически перестали общаться с Глушковыми. Мы видели, как нервничает Вероника Андреевна при нашем появлении. За последние несколько лет мы были на даче Глушкова только один раз, на его пятидесятипятилетии. Иногда мы встречались с ним во время прогулок, разговаривали. К ним в дом я, разумеется, не заходила, зная, как нервничает Вероника Андреевна при моем появлении. Почему-то она меня страшно ревновала, видимо, боялась, что я могу отбить ее мужа. Наверное, была не очень уверена в себе.

— Но вы ему звонили, — в тоне Дронго было утверждение.

— Откуда вы знаете? — удивилась Алина. — Да, иногда звонила. У нас было много разных программ, и Федор Григорьевич часто помогал нам. Вы, наверное, знаете, в каком положении сейчас находятся литературные журналы и газеты. Глушков многим помогал, у него была масса влиятельных друзей. Иногда мне приходилось звонить ему. Несколько раз я заходила к нему в институт. Там я не рисковала встретить Веронику Андреевну. Но она каким-то неведомым образом узнавала о моих посещениях.

Алина чуть нахмурилась:

— Мне кажется, она ревновала мужа ко всем женщинам. Видимо, была не очень уверена в своем положении. С Аллой у нее отношения не сложились, с семьей Олега тоже. Сын вообще приезжал на дачу только раз в месяц, максимум два, и то лишь для того, чтобы воспользоваться помощью отца, попросить его позвонить кому-то или «пробить» какой-нибудь вопрос.

— Чем занимается Олег, вы знаете?

— Кажется, поставками продуктов из Германии и Польши. Они основали коммерческую фирму. Алла мне как-то об этом рассказывала, но я не стала углубляться в эту тему.

— Понятно.

Дронго чуть помолчал, давая возможность всем присутствующим почувствовать тишину. Затем спросил:

— Вы знаете, что именно произошло на даче Глушкова два дня назад?

— Знаю, — ответила Алина.

Мать тихо охнула. Отец напрягся. Потапов встрепенулся, словно Алина собиралась признаться в убийстве Глушкова.

— Вы видели убийцу? — уточнил Дронго.

— Нет. Но я знаю, что его убили.

— Я могу узнать, откуда?

— Да, конечно. В тот вечер я была у его дома. Мы созвонились, и он попросил меня зайти к нему, чтобы взять нужные бумаги. Он добился выделения средств сразу нескольким литературным музеям и хотел передать мне копии постановлений. Знаете, пока они дойдут до адресата, проходит столько времени, а ему хотелось порадовать людей. Он сам позвонил и попросил меня зайти за документами. Я почувствовала в его голосе некоторую напряженность, он был какой-то непривычно мрачный. И голос у него был странный — глухой, уставший.

Алина взглянула на отца и, увидев его одобрительный взгляд, продолжила:

— Я пошла к нему примерно в девять или чуть позже. Подошла к дому. Дверь была открыта. Это меня удивило. Я постучала, крикнула, позвонила. Но никто не ответил. Тогда я вошла в дом...

— Хватит! — прервала ее мать. — Ты случайно там оказалась.

— Пусть говорит, — возразил Перельман. — Она должна была рассказать все это еще вчера, но ты не разрешила ей встречаться со следователями.

— Я вошла в дом, — продолжала Алина, словно находясь в каком-то трансе, — прошла в гостиную. Снова крикнула, но мне никто не ответил. Я поднялась наверх по лестнице...

Она судорожно вздохнула.

Мать чуть привстала, но Алина остановила ее движением руки:

— Я вошла в кабинет и увидела Федора Григорьевича. Он лежал на полу рядом со столом. Одного взгляда было достаточно, чтобы все понять. Я даже не стала к нему приближаться. Сама на себя удивляюсь, как я не закричала. У меня был настоящий шок. Несколько минут я стояла и смотрела на труп. Затем повернулась и осторожно пошла вниз, стараясь ни до чего не дотрагиваться. Почему-то я испугалась Вероники Андреевны. Я подумала, что в смерти ее супруга она станет обвинять именно меня. Я выбежала из дома и, выходя, ногой захлопнула за собой дверь. Затем побежала к нашему дому, огибая дачу Глушковых. Навстречу мне шел отец. Увидев его, я бросилась ему на шею. Кажется, что-то говорила, но он ничего не понял...

Алина помолчала.

— Он привел меня домой и уложил в постель. Я была как в бреду, что-то лепетала, но ничего путного сказать не могла...

— Я ничего не понял, — вмешался Абрам Моисеевич, решив, что пора прийти на помощь дочери. — Если бы я сразу разобрался, что произошло убийство, я бы вызвал милицию. Но я решил, что у Алины нервный срыв. Мы дали ей снотворного, и она заснула. Ее так сильно трясло, что я даже думал вызвать «Скорую». А утром, узнав о смерти Глушкова, мы все поняли. Она все время твердила об убийстве, и я думал, что речь идет о нашей собаке.

— Какой собаке? — не понял Потапов.

— Полгода назад у нас погибла собака, — пояснил Перельман. — Попала под колеса грузовика. Она была всеобщей любимицей. Особенно дружила с Алиной и ее мальчиком. Все мы тогда очень переживали. У Алины был нервный срыв, и мы подумали, что он повторился.

— Утром в Жуковке появились сотрудники прокуратуры и милиции, — продолжала Алина. — Я все еще спала и не знала, что происходит в поселке. А когда я проснулась, о случившемся знали уже все.

— Следователи пришли к нам, когда Алина спала, — пояснил Перельман, — иначе мы не стали бы никого обманывать. Разумеется, мы ничего не слышали, хотя я начал понимать, о чьей смерти все время твердила Алина. Когда она проснулась, то обо всем нам рассказала. Я сразу хотел позвонить следователю, но Клавдия меня отговорила. Никогда в жизни мне не было так плохо. Мне казалось, что мы скрываем от следствия нужную информацию. Мы опасались, что ничего не сможем сделать, а только подставим дочь. Она ничего не видела и не слышала. Ее единственная вина состоит в том, что она увидела убитого Федора Григорьевича, к которому относилась с большой симпатией, и испытала сильный стресс. Наверное, и мы виноваты в том, что ничего не поняли.

— Никто вас не обвиняет, — сказал Дронго. — В вашей ситуации мог оказаться любой.

— Я тебе говорил, Клавдия, что люди все поймут правильно, — сказал Перельман. — Ты напрасно так переживала.

Его супруга промолчала.

— Что будет с Алиной? — спросила она наконец.

— Ничего, — ответил Потапов. — Наша задача — найти убийцу. Вы можете нам рассказать подробно, что именно вы видели?

— Он лежал на полу, скорчившись, словно от боли. Но глаза были открыты. И я сразу поняла, что он мертв, — Алина помолчала. — Всю жизнь передо мной будет эта страшная картина... Я даже Алле не смогла рассказать...

— А не было ли там пистолета? — спросил Дронго. — Может быть, он лежал рядом? Может, Глушков сам застрелился?

— Нет, — твердо ответила Алина, — пистолета рядом не было. Но я поняла, что убийство произошло недавно. Я видела еще не высохшую кровь. Ужасное зрелище...

— Вы никого не заметили в доме?

— Никого. Иначе бы я уж точно закричала. Я обошла все комнаты. Если бы кто-то был, я бы увидела. Или хотя бы почувствовала.

— Вы знали, что Федор Григорьевич собирал редкие монеты?

— Конечно, знала. Он мне их показывал. Правда, очень давно. Еще когда я была девочкой.

— У него не было на столе альбомов с монетами?

— Не помню. Но, если бы и были, я бы не обратила внимания.

— Может быть, вспомните?

— Нет. Никаких альбомов я не заметила.

Дронго взглянул на Потапова.

— У меня больше нет вопросов, — сказал он, поднимаясь. — Только один совет. Не нужно так убиваться. Вы, Алина, не виноваты в том, что случилось. На вашем месте мог оказаться любой...

— Но если бы я сразу подняла шум, возможно, убийцу успели бы задержать.

— Это неизвестно, — возразил Дронго. — Вы думаете, это был кто-то посторонний?

— Конечно. Его обокрали и убили...

— Не обязательно. Глушкова мог застрелить кто-то из тех, кто живет в вашем поселке.

Алина вздрогнула. Посмотрела на отца, затем на мать. Перевела растерянный взгляд на Дронго.

— Вы это серьезно? — спросила она. Голос у нее сорвался.

ГЛАВА 9

Дронго молчал. Он видел, как тяжело дается спокойствие всем членам семьи, и понимал их состояние. Поэтому он не стал больше ничего уточнять и поднялся со стула.

— Извините меня, — сказал он, — мне меньше всего хотелось вас потревожить. Но иногда во время расследований приходится причинять невинным людям боль. Простите еще раз.

Он пошел к выходу. Потапов, пробормотав слова извинений, поспешил следом. Они вышли на улицу.

— Не понимаю, как у вас это получается, — сказал генерал. — Почему они ничего не рассказывают следователям, а вам исповедуются, словно вы отпустите им все грехи.

— Может, именно поэтому, — ответил Дронго, — вы же видели, как я начал разговор. Я заметил, что они нервничают, и подумал, что нужно намеренно выбить их из привычного равновесия. Затем появилась Алина. И здесь я демонстрирую любезность, отдаю ей свой стул, пытаюсь выступить неким посредником между раздраженной матерью и пытающейся все рассказать дочерью. Я понял: Алина решила, что должна все рассказать. Оставалось только помочь ей.

— Только помочь, — пробормотал Потапов. — Мне иногда кажется, что вы обладаете особым талантом. Умеете разговаривать с людьми.

— Пытаюсь, но, между прочим, не всегда получается... Сейчас уже пять часов вечера. Может, Романовский приехал? Ведь сегодня суббота.

— Идемте к нему, — согласился Потапов, — но учтите: Романовский — не академик Перельман. И ваша наступательная тактика здесь может не сработать. К тому же в его доме два дня назад не было женщин. Был только он с сыном, приехавшим из Австрии. Кстати, по нашим сведениям, младший Романовский завтра ночью улетает обратно в Вену. Следователи с ним, конечно, поговорили, но будет хорошо, если вы успеете его допросить. И учтите, что я не смогу подтвердить ваш официальный статус Всеволоду Витальевичу. Академик Перельман может не знать, чем отличается частный эксперт, нанятый службой охраны, от следователя прокуратуры или оперативника ФСБ. А заместитель министра иностранных дел наверняка знает. И вообще, чем больше мы увязаем в этом деле, тем более сомнительной кажется мне наша авантюра. Похоже, мне нужно было написать рапорт еще в пятницу.

— Это вы еще успеете сделать, — возразил Дронго. — Пойдемте к Романовскому.

Они пошли по дорожке, усыпанной гравием. От дачи Перельманов к дому Романовских можно было пройти либо по асфальтовой дороге, обогнув первую дачу, либо по дорожке напрямик. Выйдя к дому Романовского, они увидели солидный двухэтажный особняк. В окнах первого этажа были видны легкие ажурные решетки. Дронго, увидев их, заинтересовался и подошел ближе. Жители Жуковки обычно не ставили решетки на окна. Поселок охранялся, поэтому многие даже не закрывали входные двери, как это делала, например, семья Перельман.

Дверь открылась. На пороге появился невысокий мужчина средних лет. Он был лысоват. Дронго отметил его карие подвижные глаза, несколько скошенный нос, упрямый тяжелый подбородок. Увидев незнакомцев, стоящих у окон его дома, он встревожился.

— Кто вы такие? — требовательно спросил он. — Что вам здесь нужно?

Потапов шагнул к нему.

— Мы из службы охраны, — он достал служебное удостоверение. — Вот мои документы.

Незнакомец, внимательно осмотрев удостоверение, вернул его Потапову.

— Значит, вы генерал-майор, — с уважением сказал он. — Извините. А я думал, что вы посторонние люди.

— Почему посторонние? — не понял Потапов.

— Вы же знаете, что здесь произошло два дня назад. Такое нелепое и страшное убийство. Извините, что не представился. Сергей Всеволодович Романовский, советник российского посольства в Австрии.

— Вы — Романовский-младший, — понял Потапов.

— Если вы имеете в виду, что я сын моего отца, то да. Но есть еще один Романовский-младший — мой сын. Такие вот звенья в длинной цепи Романовских.

Он усмехнулся. Сергей Романовский был в мятых вельветовых джинсах болотного цвета и цветной рубашке, поверх которой он надел темно-зеленую безрукавку.

— Входите в дом, — пригласил Романовский. — Отец должен скоро вернуться. Я так понял, вы хотите побеседовать именно с ним.

— С вами тоже, — вставил Потапов.

— Со мной? — заинтересовался Сергей Всеволодович. — Он пожал плечами. — Не понимаю, чем я могу быть вам полезен. Вы думаете, что я специально прилетел из Австрии, чтобы убить нашего соседа?

Дронго улыбнулся. У советника посольства определенно было развито чувство юмора. Они вошли в дом, гораздо более просторный по сравнению с небольшими домами Перельмана и

Глушкова. Очевидно, Романовский пользовался бо́льшим влиянием в правительстве, чем бывший вице-премьер.

— Входите, — пригласил их в комнату Сергей Всеволодович. — Отец переехал сюда три года назад. Кажется, до него здесь жил кто-то из советников президента. Вообще-то мы не хотели сюда переезжать. Отец долго отказывался именно от этой дачи.

— Почему? — спросил Потапов. — Что ему здесь не нравилось?

— А вы разве не знаете, что здесь случилось? — ухмыльнулся Романовский. — Об этом знает вся Жуковка. Здесь недалеко была дача бывшего министра иностранных дел. Вы ведь знаете, каким одиозным человеком он был. Все дипломаты стояли на ушах, когда он «флиртовал» с американцами, поддакивая их политике. Несогласных убирали, протестовавших увольняли. Вред, который он нанес нашей внешней политике, мы еще долго будем помнить. Видимо, его соседям надоел такой министр-ренегат. И в один из дней дача министра вспыхнула. Пожарные не успели ничего сделать. Или не захотели. И дача сгорела дотла. Я считаю, что ему еще повезло. За его деятельность на посту министра иностранных дел в любой цивилизованной стране мира его привлекли бы к уголовной ответтственности за предательство. Но в прежнюю эпоху это было невозможно. И тогда соседи таким необычным способом выразили свой протест.

— Ваш отец думает иначе? — уточнил Дронго, опускаясь на массивный диван.

— Он думает так же, — ответил Романовский, усаживаясь в кресло, — но, как человек старой закалки, считал для себя неприличным оставаться в поселке, в котором подобным образом отнеслись к бывшему министру иностранных дел.

— Хороший у вас поселок, — с иронией сказал Дронго, взглянув на Потапова. — Выходит, смерть Глушкова — не первое ЧП в Жуковке. Может, снова соседский синклит собрался и вынес смертный приговор Глушкову? У вас выборный синклит или назначаемый?

— Добротная версия, — хмыкнул Сергей Всеволодович, — только не с Глушковым. Его любили и уважали все соседи. Это был крепкий мужик, хотя немного бабник. Нравился женщинам и, помоему, иногда пользовался своим положением. К тому же некоторое время он пребывал в роли вдовца, и ему это, мне кажется, понравилось. Наши молодые женщины «западали» на Глушкова.

И если его убили, то это вполне могло произойти на почве ревности. Он не был идеальным мужем для своей второй супруги. Хотя мне лично он нравился.

— Федор Григорьевич дружил с вашим отцом, — строго напомнил Потапов, которому не понравилась некоторая развязность их собеседника.

— Дружил, — весело согласился Сергей Всеволодович. — Ну и что? У них была общая страсть — коллекционирование монет. Вы знаете, что каталоги Глушкова и моего отца попали даже в Вену и Лондон. У обоих были редкие экземпляры монет, хотя отец всегда говорил, что его коллекция — всего лишь жалкое подобие коллекции Федора Григорьевича. Тот собирал монеты всю свою жизнь.

Потапов быстро взглянул на Дронго.

— Они часто встречались? — уточнил генерал.

— Не знаю. Но думаю, часто. Им было интересно друг с другом. И по-моему, смерть Глушкова очень сильно подействовала на моего отца. Здесь говорят, что нашего соседа ограбили и убили, но я не очень верю в эту версию. Кому и зачем понадобилось убивать Глушкова? В последние годы он занимался только своим институтом.

— А монеты? — вмешался Дронго.

— Что? — сбился Романовский.

— Вы ведь сами сказали, что у Глушкова была редкая коллекция монет.

— Вы думаете, его убили из-за монет? — изумился Романовский и помрачнел. — Вот почему вы пришли к нам... Думаете, что мой отец каким-то образом может оказаться причастным к этому преступлению? У Глушкова пропали монеты?

— Не знаю, — ответил Дронго. — Об этом вам лучше поговорить со следователями прокуратуры. Мы не проводили обыск в его доме. Нас интересуют обстоятельства возможного появления в доме Глушкова чужих людей.

— Вы полагаете, что мой отец, известный нумизмат и коллекционер, может оказаться каким-то образом замешанным в этом деле?

— Нет, — ответил Дронго. — И не нужно так педалировать эту тему. Мы всего лишь уточняем факты. Что вы делали в тот вечер?

— Спал, — хмыкнул Романовский. — Меня уже дважды об этом спрашивали. Я спал на втором этаже и не смотрел в сторону дома Глушкова. Вы можете подняться и проверить. Из нашей спальни виден его дом, но я не смотрел в ту сторону. И никого не видел. А если бы даже увидел кого-то постороннего, то не придал бы этому ровным счетом никакого значения. Я не очень хорошо знаю соседей по даче, тем более всех новых родственников и друзей Глушкова. Одну молодую женщину мне удалось разглядеть. Когда она выбежала из дома, мне показалось, что она немного не в себе. Следователям я не стал ничего говорить. Сам не знаю почему. Наверное, мне было ее жаль. У нее был вид не убийцы, а, скорее, жертвы.

— А почему вы ничего не сказали об этом следователям? — поинтересовался Дронго.

— Не знаю, — пожал плечами Сергей Романовский. — Они пришли рано утром, когда я работал в кабинете отца. И допрашивали меня скороговоркой, извиняясь, что вообще появились в нашем доме. Отец в это время был на работе, и они беседовали с ним по телефону. В общем, они не очень нас беспокоили и почти не задавали вопросов. Уточняли, что мы делали, кого могли видеть. Когда приходят люди в форме и задают дежурные казенные вопросы, не хочется отвечать. Лишние слова — лишние проблемы. Я отвечал достаточно односложно. И они почти сразу ушли. Потом я подумал, что нужно было рассказать об этой молодой женщине...

— И вы ничего больше не заметили? — задал очередной вопрос Дронго.

— Нет, ничего. Во всяком случае, никаких

бандитов и воров я не видел. Иначе сразу бы обратил на них внимание и рассказал бы обо всем следователям прокуратуры.

— Вы были в спальне наверху, — продолжал Дронго. — И вы сказали, что оттуда можно было увидеть людей, выходивших из дома Глушкова.

— Да, — подтвердил Сергей Всеволодович, — ну и что?

— И больше вы никого не видели?

— Н-никого, — ответил он, запнувшись всего на долю секунды.

Человеку трудно врать, когда он хочет сделать это сознательно. Человеку трудно врать, когда он разговаривает с экспертом, специализирующимся на допросах свидетелей и подозреваемых. Романовский, моргнув, отвел глаза. Было заметно, что он начал волноваться.

— Когда вы легли спать? — уточнил Дронго.

— Часов в семь или около того. И проспал два часа.

— До девяти?

— Да.

— Вы давно работаете в Австрии?

— Шесть лет, а почему вас это интересует?

— И когда вы приехали в Москву?

— В среду. Я могу узнать, почему вы задаете мне такие странные вопросы?

— Разница во времени между Веной и Москвой составляет два часа, — объяснил Дронго. — Вы хотите сказать, что обычно ложитесь спать в пять часов вечера по венскому времени? Мне казалось, что у дипломатов более напряженный график. Или в тот день вы очень устали?

— Не пытайтесь поймать меня на противоречиях — рассердился Романовский. — Я вам сказал, что спал. И ничего не видел. И женщину тоже не видел. Вероятно, она мне приснилась. Я ничего больше не знаю и не хочу с вами разговаривать. Если я вам понадоблюсь, можете вызвать меня официальной повесткой в прокуратуру или в суд.

— И вы тогда расскажете, что, кроме неизвестной женщины, видели и своего отца, выходящего из дома Глушкова? — неожиданно спросил Дронго.

Романовский замер. Помолчал. Затем сник, словно надувная игрушка, из которой выпустили воздух, но тут же взял себя в руки.

— Я ничего не видел, — твердо произнес он. — И не нужно блефовать. Вы ничего не знаете, поэтому решили взять меня на испуг. Старый трюк. Только у вас ничего не выйдет! Я ничего не видел и не слышал. И я могу лечь спать, когда мне хочется.

— У нас есть пленка, — пояснил Дронго, видя, как меняется в лице Потапов. Но он уже перестал обращать на него внимание.

— Какая пленка? — не понял Сергей Всеволодович.

— Одна из камер службы охраны была установлена рядом с дачей Глушкова, — пояснил Дронго. — На пленке зафиксированы все, кто подходил к дому погибшего. И среди людей, которые были там последними, — два известных вам человека...

Он замолчал. Потапов шумно вздохнул. Он уже понял, что Дронго идет ва-банк. Генерал подумал, что, кроме сегодняшнего вечера, у них остается лишь завтрашний день. И ничего больше. Послезавтра утром он должен будет написать прошение об отставке. Если ему, конечно, разрешат просто уйти...

— Последней из дома вышла известная вам молодая женщина, — Дронго внимательно следил за Романовским. — Но перед ней в доме был еще один гость. И вы его наверняка видели. И не могли не узнать. Сказать вам, кто это был?

— Не нужно, — глухо выдавил Сергей Романовский. — Я догадался.

— Вы его видели. Именно поэтому вы не стали ничего вспоминать, уважаемый Сергей Всеволодович. Вам не хотелось рассказывать о женщине, так как всплыл бы вопрос о другом человеке, который также входил в дом. Поэтому вы ничего не сказали следователям. А когда сегодня вы узнали от нас о пропаже монет, то поняли, как можно увязать убийство Глушкова с одним из его соседей, коллекционером. И сразу начали говорить о женщине, чтобы выгородить другого человека.

— Как вас зовут? — неприязненно прищурился Сергей Романовский. — Комиссар Мегрэ или Эркюль Пуаро? Может, вы Шерлок Холмс? Если вас послушать, то вы — самый умный человек на свете. Или вы, вместо того чтобы охранять чиновников, специализируетесь на расследованиях?

— Вот именно, — подтвердил, улыбнувшись, Дронго, — специализируюсь.

— Я забыл вам представить своего напарника, — заговорил вдруг Потапов с плохо скрываемым торжеством. — В службе охраны работаю только я. Перед вами эксперт-аналитик Дронго. Один из лучших экспертов в мире именно по расследованиям преступлений.

— Дронго? — изумленно пробормотал Сергей Всеволодович, поднимаясь с кресла. — Не может быть! Вы тот самый Дронго?

ГЛАВА 10

Наслаждаться подобной ситуацией можно лишь несколько секунд. Потом нужно вспомнить о работе. Дронго не любил и немного опасался собственной популярности. Широкая известность и слава, столь необходимые людям творческих профессий, деятелям шоу-бизнеса или мира искусства, были абсолютно противопоказаны людям его профессии. Он предпочитал, чтобы его не узнавали, хотя любому участнику его расследований трудно было забыть высокого широкоплечего мужчину с внешностью гладиатора, с большим лбом и проницательными насмешливыми глазами. Само имя «Дронго» становилось нарицательным, о нем узнавало все больше людей. Столь широкая известность иногда мешала ему в расследованиях.

— Меня обычно называют Дронго, — согласился он, метнув на Потапова страшный взгляд.

Генерал торжествовал. Он чувствовал, что взял реванш за рассказ Дронго об имевшейся в распоряжении службы охраны пленке.

— Я о вас слышал, — сразу сказал Сергей Всеволодович, — но мне казалось, что вы такой же фольклорный персонаж, как и остальные выдуманные герои литературных произведений. Я не предполагал, что смогу лично увидеть вас.

— Всё настоящее, — подтвердил Дронго, — ноги, руки, голова. Только не нужно преувеличивать. Я лишь обычный эксперт.

— И поэтому случайно приехали в Жуковку, — криво улыбнулся Романовский. — Напрасно вы ввязались в это дело, господин Дронго. В таких местах нельзя искать убийцу. Это очень опасно. Кроме того, неизбежен удар по самолюбию. Даже если вы сумеете вычислить убийцу, вам его не дадут арестовать. Этот трюковой номер не для вас. Лучше занимайтесь обычными уголовниками, там вы будете на высоте.

— Мне кажется, я не давал вам советы, как вы должны представлять свою страну в Австрии. Почему же вы считаете возможным давать советы мне? Или вы уже раскрыли не одно преступление?

— Вы правы, — усмехнулся Сергей Всеволодович. — Пусть каждый занимается своим делом.

Кто-то позвонил в дверь. Трое мужчин посмстрели друг на друга. Раздался еще один звонок. Романовский, усмехнувшись, пошел открывать. Через минуту они услышали его голос:

— Добрый вечер.

— Здравствуй, Сергей, — раздался уверенный голос вошедшего.

— Это его отец, — поднялся со своего места Потапов.

— Внутри вас сидит обычный чиновник-лизоблюд, — заметил Дронго. — Ну что вы дергаетесь! А если именно старший Романовский убил своего соседа и завладел его уникальной коллекцией? Среди коллекционеров попадаются невероятные типы. Это настоящие фанатики, готовые ради пополнения своей коллекции пойти даже на преступление...

— Только не говорите таких слов при нем! — Потапов от ужаса замахал руками. — И без ваших намеков, Дронго! Не забывайте, что он — заместитель министра иностранных дел, а не какой-нибудь урка. Постарайтесь быть максимально вежливым.

В комнату вошел мужчина. Он был среднего роста, с крупной лысой головой, таким же скошенным носом, как у Сергея, более крупными карими глазами и похожим упрямым подбородком. На нем был дорогой шерстяной костюм. Дронго прищурился. Шерсть с кашемиром. Наверное, «Балансиага». А вот галстук у вошедшего был не столь стильный. Похоже, он купил его в Италии, марка была неизвестная, хотя полосатый галстук на фоне светло-голубой рубашки смотрелся неплохо. Войдя в гостиную, он вопросительно взглянул на гостей. Дронго и Потапов поднялись с дивана. Романовский-старший коротко кивнул им, не протянув руки. Пройдя к креслу, где несколько минут назад сидел его сын, он сел на его место. Сын, заметив, что его место занято, усмехнулся и прошел ко второму креслу, стоящему с другой стороны дивана.

— Итак, — сказал Романовский, — как я догадался, вы решили еще раз нанести мне визит. Вас я знаю, Леонид Александрович, помню, когда вы еще работали в ФСБ. А вашего напарника вижу впервые.

— Эксперт-аналитик Дронго, — представил своего коллегу Потапов.

— Очень хорошо. Судя по всему, мой сын немного слышал о нем. Говорит, что он высокий профессионал. Тем лучше. Чем я могу вам служить? И учтите, что вчера мы уже беседовали с сотрудниками прокуратуры.

— Это не допрос, Всеволод Витальевич, — мягко заметил Потапов. — Мы зашли только поговорить.

— И сразу начался прессинг, — вмешался Сергей Романовский. – Они считают, что я им вру. Все время спрашивали меня про монеты. И про ваши встречи. Словно ты мог украсть коллекцию Федора Григорьевича. А потом сказали, что у них есть пленка, на которой видно, как ты входишь в дом Глушкова.

Наступило гнетущее молчание. Романовский-старший свел брови. Дронго подумал, что младший достаточно умен. Под видом оскорбленного достоинства он в нескольких фразах рассказал отцу об их разговоре, помогая тому выработать оптимальную линию поведения.

– Вы считаете, что я мог убить Федора Григорьевича? – Голос Всеволода Витальевича прозвучал спокойно.

– Мы этого не говорили, – сразу ответил Потапов. – Мой коллега интересовался вашими коллекциями. Дело в том, что самые ценные экспонаты из коллекции Глушкова были утеряны.

– Какие экспонаты? – живо поинтересовался Романовский-старший.

– Два синих альбома, где он хранил наиболее редкие монеты, – пояснил Потапов.

– Да, я знаю об этих альбомах, – мрачно признался Всеволод Витальевич. – Это были настоящие раритеты. А почему вы думаете, что их украли? Он не оставлял их просто так. И почти никогда не возил на дачу. Мы смотрели их обычно в его городской квартире. Он держал альбомы в сейфе.

— Их там нет, — сказал Дронго. — Нигде нет. Ни в квартире, ни на даче. А его супруга считает, что он привез альбомы именно на дачу.

— Странно, — нахмурился Романовский-старший, — он редко так делал. И эти альбомы пропали?

— Да. Следователи прокуратуры считают, что альбомы взял убийца.

— Как он погиб? — мрачно спросил Всеволод Витальевич.

— Кто-то подошел и выстрелил в него почти в упор. Убийца стоял рядом с жертвой. Очень близко, почти вплотную. Только один выстрел. Однако никто ничего не слышал.

— И вы полагаете, что я пошел, застрелил соседа и похитил альбомы с монетами? Не слишком ли все это глупо? Хотя, наверное, любой коллекционер мечтал о таких экземплярах. Но думать, что я убил Глушкова... Это не мой стиль, господа. Смею заверить, что мы были друзьями. Людьми, достаточно хорошо понимавшими друг друга.

— Кто, кроме вас, мог знать об истинной ценности монет Глушкова? — поинтересовался Дронго.

Заместитель министра помолчал. Затем решительно произнес:

— По большому счету, никто. Насколько я знаю, здесь нет нумизматов, кроме меня и Глушкова. Вернее, не было. Теперь я остался один.

— Истинную цену монет могли знать только вы? — не унимался Дронго.

— Думаю, что да.

— И я, — неожиданно вставил Сергей Романовский. — Я тоже неплохо разбираюсь в монетах. Еще в детстве я помогал отцу их классифицировать.

— При чем тут ты! — заволновался отец. — Не нужно на себя наговаривать. Ты не нумизмат, а дипломат.

— Вы тоже дипломат, — напомнил Дронго, — однако это не помешало вам быть одним из крупнейших коллекционеров в стране.

— Сергей никогда не был коллекционером, — упрямо возразил старший Романовский, — и не нужно обращать внимание на его слова. Он спал и ничего не видел...

— Я им сказал, что видел, как из дома Глушкова вышла молодая женщина, — сказал сын.

— Ты не мог ничего видеть, — несколько раздраженно сказал отец. — Ты ведь спал в этот момент .. И не нужно было рассказывать о дочери Перельмана. Она случайно оказалась рядом с домом.

— Откуда вы знаете, что это была дочь вашего соседа? — спросил Дронго.

— Со слов Сергея, — пояснил Всеволод Витальевич. — Он описал мне молодую женщину, и я узнал в ней Алину, дочь Абрама Моисеевича. Глушков говорил, что она училась вместе с его дочерью.

— У них были какие-то отношения?

— Молодой человек, я не знаю. И не нужно задавать мне подобные вопросы. Мне неприятно слышать их в своем доме. И я не могу отвечать на них, не зная ничего об отношениях между Глушковым и женщинами. И не хочу знать.

— Извините. Я не хотел вас оскорбить. Вы видели ее в доме Глушкова?

— Один или два раза. И очень давно. Нет, кажется, она была на его юбилее. Точно не помню.

— Ваш сын уже сказал о пленке, которой располагает служба охраны. На ней видно, как вы подходите к дому Глушкова.

— У вас есть пленка, где видно, как я вхожу в дом? — уточнил Романовский.

— Нет. Только пленка, где вы направляетесь к дому.

— Все верно. Около девяти часов вечера я вышел из дома и направился к Глушкову. Мы с ним давно не виделись, и я хотел проконсультироваться у него по поводу новой монеты, которую предлагали в клубе нумизматов. Просили бешеные деньги, а у меня таких не было. Я подошел к дому, все было тихо. Сначала я позвонил, потом постучал. Дверь была открыта. Я громко позвал Федора Григорьевича, но мне никто не ответил. Тогда я прикрыл дверь и пошел домой. Как воспитанный человек, я не мог войти в дом, где никого не было.

— Вы плотно закрыли дверь? Замок щелкнул?

— Нет. Я прикрыл ее так же, как она была прикрыта раньше. В нашем поселке не принято запирать двери на замок. До четверга мы считали, что у нас надежная охрана.

— Вы не вошли в дом? — уточнил Дронго.

— Можно сказать, стоял на пороге. Во всяком случае, моих отпечатков пальцев вы там не найдете. Может, только на кнопке звонка.

— Нет, — возразил Дронго. — Утром приехал

водитель Глушкова и несколько раз звонил. Он стер все отпечатки, если даже они там и оставались. Но на пленке видно, что вы идете к дому. И я думаю, что ваш сын видел, как вы выходили из дома Глушкова.

— Я ничего не видел, — гневно парировал Сергей Всеволодович.

— Возможно, — согласился Дронго, — но вы сейчас слышали, как ваш отец рассказал нам о своем вечернем визите к Глушкову.

— Мне он ничего не говорил! — вспыхнул Сергей. — Я ничего не видел.

— Вам не показалось подозрительной тишина в доме Глушкова? — спросил Дронго у Романовского-старшего.

— Нет. В последнее время на даче никого не было. Дочь Глушкова уехала в Швецию, а между его супругой и женой сына был непримиримый антагонизм. Поэтому внуки редко появлялись на даче. И меня не удивило, что в доме никого нет. Я думал, что Федор Григорьевич вышел прогуляться.

— Вы ничего больше не заметили?

— Нет, ничего. И альбомы я не брал, если вы хотите спросить об этом.

— А монету, которую вам предложили в клубе, вы решили показать своему соседу, — уверенно сказал Дронго.

— Откуда вы знаете? — удивился Романовский.

— Догадался. Когда вы подходили к дому, у вас в руках был небольшой пакет. И я подумал, что вы решили принести эту монету соседу, чтобы он ее купил. Или я не прав?

— Все так просто, — пробормотал Всеволод Витальевич. — Да, поразительно, но вы правы! Монета была со мной, и я хотел, чтобы ее приобрел Федор Григорьевич. Но, не застав его дома, я вернулся к себе. Вот и вся моя история.

— Почему вы не рассказали об этом следователям?

— У них не было вашей пленки, — сразу ответил Романовский, — и поэтому они не могли позволить себе так со мной разговаривать. Кроме того, они ничего не знали о новой монете в нашем клубе.

— После вас в дом вошла дочь Перельмана и обнаружила, что Глушков убит. Как могло получиться, что вы этого не увидели?

— Где она его нашла? На первом этаже?

— Нет, на втором. Он был убит выстрелом из пистолета в своем кабинете.

— Вот видите. Очевидно, она поднялась на второй этаж. А я не стал этого делать. Решив, что дома никого нет, я ушел. Так поступил бы всякий приличный человек на моем месте. Мне больше нечего вам сказать. Очевидно, молодая женщина оказалась смелее меня. Но я не привык входить в чужие дома, если меня не приглашают.

— Если бы вы поднялись на второй этаж, вы обнаружили бы убитого, и тогда, возможно, следователям было бы легче найти убийцу, — заметил Дронго.

— Возможно, — согласился Романовский, — но для этого я должен был подняться на второй этаж. Откуда я мог знать, что там произошло убийство? Или вы пытаетесь обвинить меня в том, что я не оказал ему помощи?

— Насколько я знаю, ваша помощь не могла бы ничего изменить, — возразил Дронго. — Пуля попала Глушкову в сердце, и у него не было шансов на спасение. Но мы хотя бы знали, когда именно он был убит.

— Подождите, — жестом остановил говорившего Романовский. — А почему вы уверены, что он был убит еще до моего посещения? Возможно, когда я подошел, он гулял с другой стороны дома, потом вернулся, и его убили сразу после моего визита. Поэтому его и обнаружила дочь Перельмана. Такой вариант вы полностью исключаете?

Потапов взглянул на Дронго. Тот кивнул:

— Вполне допускаю и такую возможность. Но в любом случае это будет гаданием на кофейной гуще. Мы не можем быть ни в чем уверены.

Сергей Романовский шумно вздохнул.

— Жаль, конечно, что его убили. Но, сдается мне, вы просто теряете время. Убийцу нужно искать совсем в другом месте. Вам не кажется, что, кроме соседей, могут быть и другие подозреваемые?

— В каком смысле? — мрачно осведомился Потапов.

— Ваши охранники, — усмехнулся Сергей Всеволодович. — Среди них мог найтись человек, владеющий оружием, который знал о коллекции Глушкова. Согласитесь, что искать убийцу нужно не среди министров и академиков, а, скорее, среди охранников, которые, по крайней мере, владеют оружием.

Настал черед Дронго смотреть на Потапова. При этом Дронго улыбнулся. Ему понравилась новая версия, отвергавшая все их варианты.

— Мы проверяем наших людей, — нехотя признался Потапов. – Проверили всех, кто два дня назад дежурил в Жуковке. Проверили их оружие, возможные связи... У нас нет никаких подозрений. И вообще мы привыкли доверять своим сотрудникам.

– Вы не могли проверить каждого за такой короткий срок, – назидательно заметил Сергей Романовский. – Нужно более внимательно относиться к своим людям, господин генерал.

– Разрешите, я объясню вам ситуацию, – пришел на помощь Потапову Дронго. – Дело в том, что вашего соседа застрелили не из обычного пистолета. Это итальянский «Бернарделли П-18 компакт». Такое дорогое оружие не могло попасть в руки обычного охранника, получающего не более ста долларов в месяц. Согласитесь, что такой дорогой пистолет мог быть скорее у министра или академика, чем у охранника, – явно подтрунивая над собеседником, произнес Дронго.

– «Бернарделли», – младший Романовский взглянул на отца. – Очень дорогая модель.

– Вы разбираетесь в оружии? – удивился Дронго.

– Немного. Я участвовал в соревнованиях по биатлону, поэтому знаком с некоторыми образцами стрелкового оружия. В том числе и с пистолетами.

— Значит, вы тоже профессионал, — улыбнулся Дронго.

— Не понимаю ваших намеков, — сказал старший Романовский. — Мой сын — профессиональный дипломат и работает советником в нашем посольстве в Австрии. Надеюсь, вы сознаете, что он абсолютно случайно оказался два дня назад на даче в Жуковке. Дома у него идет ремонт, а в моей городской квартире сейчас никого нет. Жена лежит в больнице, вы можете это проверить. Именно поэтому он приехал на дачу и оставался со мной.

— Вас никто не обвиняет, — поспешил успокоить его Потапов. — Мы только хотели кое-что уточнить.

— У меня последний вопрос к вам и вашему сыну, — сказал Дронго. — До того как появился ваш отец, вы сказали о бывшем соседе, что он был неплохим человеком, но бабником. Я могу узнать, какой смысл вы вкладывали в это слово? И почему у вас сложилось такое впечатление?

Отец метнул в сторону сына тяжелый взгляд. Ему явно не понравилась болтливость своего отпрыска. Сергей Всеволодович нахмурился. Он не мог предположить, что Дронго посмеет так подставить его.

— Я имел в виду... думал... он нравился женщинам, — залепетал младший Романовский.

— Мне показалось, что вы имели в виду нечто более определенное, — не унимался Дронго.

— Вам уже объяснили, что он имел в виду. И вообще неприлично расспрашивать о погибшем такие подробности, — резко заметил Романовский-старший.

— Напротив, — возразил Дронго, — именно такие подробности могут помочь установить истину. Вы же хотите, чтобы мы нашли убийцу?

Всеволод Витальевич, чертыхнувшись, отвернулся. Он уже не пытался оградить сына от последнего вопроса. Сергей бросил отчаянный взгляд на отца и вдруг выдавил:

— Об этом многие знали...

— О чем? — Дронго решил давить на дипломата до последнего.

— Ему нравились красивые молодые женщины, — смущенно ответил Сергей Романовский, — и, наверное, ему нравился кто-то из наших соседок...

— Например, — не отступал Дронго.

— Дочь Перельмана, — выпалил Сергей Романовский и облегченно перевел дух.

— И все?

— Может, кто-то еще, не знаю... Не знаю. — Было заметно, что он сильно нервничал.

— Супруга Лопатина ему тоже нравилась?

— При чем тут Лопатин? — Отец понял, что ему необходимо вмешаться. — Мне не нравится, как вы допрашиваете моего сына. Какие-то грязные намеки. Я вынужден буду завтра сообщить об этом вашему руководству...

— Спасибо, — поднялся Дронго. — Мы закончили. Извините, что побеспокоили вас, Всеволод Витальевич. И вас, Сергей Всеволодович.

Не почувствовать сарказма в его словах было невозможно. Оба дипломата не сказали ни слова и даже не поднялись со своих мест, когда Дронго и Потапов выходили из дома.

ГЛАВА 11

Когда они оказались на улице, Потапов достал платок и вытер лоб.

— Вы так разговаривали с Романовскими, — чуть укоризненно сказал он, — можно подумать, что преступление совершил один из них.

— Мне не понравились оба, — хмуро ответил Дронго, — один наблюдал за домом и видел, кто оттуда выходил, а другой побывал в доме и «запамятовал» рассказать об этом следователям.

— Мне кажется, я его понимаю, — заметил Потапов. — Все знают, что он коллекционер. К тому же он пришел с ценной монетой, чтобы предложить ее Глушкову. Увидев, что в доме никого нет, он ушел. Мне кажется, и я на его месте поступил бы так же.

— У вас одинаковая психология чиновников, — покачал головой Дронго. — Уже седьмой час вечера, — посмотрел он на часы. — Может быть, Лопатины приехали и мы сможем с ними поговорить.

— Вы уже говорили с Михаилом Николаевичем, — напомнил Потапов. — Мне кажется, нецелесообразно портить отношения с людьми. Мне все равно придется уйти в отставку, но не забывайте, мне еще нужно будет куда-нибудь устроиться, когда я останусь без своей генеральской пенсии.

— Если мы не найдем убийцу, вы останетесь не только без работы и без генеральской пенсии, но и без перспективы устроиться на приличную работу, — безжалостно сказал Дронго. — И получается, что вы должны изо всех сил помогать мне.

— Я и так делаю все, что могу. Честное слово,

если при таком раскладе вы найдете убийцу, я в присутствии всех своих сотрудников назову вас гением. Однако мы два дня бегаем по городу, и пока никаких результатов.

— Мне кажется, что мы многое узнали, — возразил Дронго. — И тем не менее нам нужно еще раз поговорить с Лопатиными. Если, конечно, вы не возражаете.

— Я уже на все согласен, — махнул рукой Потапов.

Они направились к дому Лопатиных. У въезда на участок стоял автомобиль «Крайслер Вояджер» бордового цвета, в котором сидели двое. Рядом находился темно-синий «Мерседес» S-класса. Увидев приближающихся незнакомцев, один из мужчин вышел из «Крайслера».

— Кто вы такие? — хмуро спросил он.

— Что за вопрос? — поморщился Потапов. — Кто вас сюда пустил? Что вы здесь делаете?

— Иди своей дорогой, мужик, — предложил вышедший из машины.

Второй незнакомец тоже вышел из автомобиля.

— Покажите ваши документы, — требовательно приказал Потапов. — Что вы здесь делаете? Почему вас пропустили в поселок?

— Тебе говорят, топай отсюда, — сказал первый.

— Подождите, — вмешался Дронго. — Ну почему нужно сразу хамить? Я не сомневаюсь, что вы охраняете здесь тело высокого государственного мужа, но сначала хотя бы узнайте, с кем разговариваете.

— Нас это не колышет, — сказал первый, высокий детина, и посмотрел Дронго в глаза, словно ожидая нападения. — А за «хама» ответишь! — Он поднял руку.

Дронго сделал шаг в сторону.

— Не нужно, — примирительно сказал он. — Давайте обсудим наши разногласия...

— Ах ты!..

Первый пробормотал ругательство и сделал шаг в его сторону. Дронго с сожалением посмотрел на него и вдруг нанес резкий удар правой рукой. Захрипев, громила начал валиться на бок. Второй изумленно глядел на Дронго. К ним уже бежали четверо сотрудников охраны.

— Это он! — крикнул второй незнакомец, показывая на Дронго. — Хватайте его!

Но, к его изумлению, подбежавшие сотрудники схватили не Дронго, а его и напарника.

— Что вы делаете? — закричал он, вырываясь. — Это они на нас напали!

— Извините, товарищ генерал, — сказал один

из сотрудников охраны, обращаясь к Потапову. Это был Числов. — Мы сейчас их отсюда уберем.

— Генерал?! — изумился громила, которого сбил Дронго. — Вы генерал?

— Я же тебе говорил, что сначала нужно поговорить, а потом махать кулаками, — покачал головой Дронго.

— Кто такие? — строго спросил Потапов. — Как они сюда попали?

— Водитель и помощник Лопатина, — пояснил Числов. — У них постоянные пропуска, и они дежурят у его дачи. В качестве дополнительной охраны. Вечером они обещали уехать.

— Нам достаточно и собственной охраны, — сказал Потапов. — Но если хотят, пусть стоят. Только пусть не бросаются на людей. Отпустите их.

Сотрудники службы охраны отступили на шаг.

— Можете быть свободны, — приказал Потапов.

— Извините, господин генерал, — сказал водитель Лопатина.

— У нас здесь так не обращаются, — строго заметил Потапов. — Мы говорим «товарищ генерал». И не нужно считать каждого прохожего врагом. В этом поселке хорошая охрана. И живут нормальные люди.

При последних словах он взглянул на Дронго и помрачнел. Затем пошел к дому Лопатина. Дронго двинулся следом. На пороге Потапов позвонил. Где-то внутри дома отозвался громкий женский голос. Очевидно, супруга просила мужа открыть дверь. Через некоторое время дверь распахнулась. На пороге стоял Лопатин в спортивных брюках, шлепанцах и майке. Увидев Потапова и Дронго, он нахмурился.

— Пришли по мою душу? — устало спросил он. — Решили, что теперь нужно допросить меня «с пристрастием»?

— Извините, Михаил Николаевич. Наш эксперт хотел бы поговорить с вами, — сказал Потапов.

— Вижу, — Лопатин посторонился, давая им возможность войти в дом. От него довольно ощутимо пахло спиртным. — Извините, я переоденусь. Думал, что хотя бы вечером смогу отдохнуть. — Он снял с вешалки темную рубашку и надел ее.

— Кто пришел? — раздался тот же женский голос сверху.

— Это ко мне! — недовольно крикнул в ответ Лопатин. — Проходите в комнату, — предложил он, чуть пошатнувшись.

В большой комнате находились два дивана и четыре кресла, стоявшие полукругом вокруг небольшого столика, а также столик на колесиках с разнообразными напитками. Лопатин сел в кресло и спросил, обращаясь к гостям:

— Мои оболтусы вас не остановили?

— Пытались, — усмехнулся Потапов, — но наш эксперт объяснил им, насколько они не правы. Да и мои сотрудники оказались рядом.

— Работнички, — покрутил головой Лопатин, затем достал телефонный аппарат и набрал номер.

— Саша, — сказал он своему водителю, — можете уезжать. От вас пользы, как от мертвого осла уши. Все. Закончили. Завтра утром мне позвонишь. Нет, приезжать не нужно.

Он убрал аппарат.

— Это мой второй водитель, — объяснил он, тяжело вздохнув, — первый умудрился сломать себе ногу на ровном месте, и теперь я должен ждать, когда он поправится. А этот ничего не знает и не понимает.

— Вы опасаетесь за свою жизнь? — спросил Дронго.

— С чего вы взяли?

— Ваши водитель и охранник находились около дома и никого не пропускали.

— Это не охранник, а помощник, — быстро сказал Лопатин. — Мне охранник не положен по статусу. Только премьер-министру и руководителям силовых ведомств.

— К таковым не относится Таможенный комитет? — улыбнулся Дронго.

— Мы — обычное федеральное ведомство, — ответил Лопатин. — Будете что-нибудь пить?

— Спасибо, я почти не пью.

— А вы, Леонид Александрович?

— Немного виски.

— Принести лед?

— Нет, спасибо. Я люблю чистый.

Лопатин достал пузатый стакан и налил в него виски из бутылки с темно-синей этикеткой. Дронго знал этот сорт виски и его цену, поэтому улыбнулся. Председатель Таможенного комитета явно не бедствовал.

— Вы сказали, что получили назначение в Таможенный комитет благодаря Глушкову, — напомнил Дронго. — А где вы работали до этого?

— В Кабинете министров.

Лопатин налил себе немного коньяка из бутылки без этикетки, достав ее из картонной коробки, изображающей две соединенные вместе книги. Это был отборный «Hennessy».

— Я работал в Министерстве финансов, потом в Кабинете министров ответственным сотрудником. Затем перешел в Таможенный комитет, — пояснил Лопатин.

Он пригубил коньяк. Было видно, что он понимает толк в хороших напитках.

— Вы хорошо знаете детей Глушкова? — задал очередной вопрос Дронго.

— Конечно. И Аллу с ее мужем, и Олега. Я был на свадьбе обоих. Поэтому для нашей семьи смерть Федора Григорьевича стала большим потрясением.

— Вы часто с ним общались?

— Нет. В последнее время редко. К сожалению... Я был очень занят на работе и не имел возможности ни видеться с ним, ни разговаривать. Правда, в день смерти я ему звонил. У нас был один вопрос, и я хотел с ним проконсультироваться. Я говорил об этом следователям прокуратуры. Я не совсем понимаю, чем занимаются они и чем занимаетесь вы, но в любом случае мне нечего скрывать. Можно легко проверить мои звонки. Я звонил дважды — днем и вечером. Больше мы с ним в тот день не разговаривали. Мне и в голову не могло прийти, что все так закончится.

— Вы не бывали у него в доме?

— Почти не бывал. Я работаю семь дней в неделю и по шестнадцать-восемнадцать часов в сутки. У него был такой же загруженный график. Нам трудно было выкроить время для общения, хотя я всегда старался узнать, как он себя чувствует. Федор Григорьевич очень тяжело переживал смерть своей первой супруги. Хорошо, что Вероника Андреевна смогла его поддержать.

— Я видел вашу супругу в ее доме.

— Конечно. А как могло быть иначе? Мы с женой считали своим долгом поехать к Веронике Андреевне...

Сверху снова послышался женский голос. Лопатин чуть нахмурился. Затем раздались шаги на лестнице. Лопатин, пробормотав извинения, поднялся и вышел в коридор.

— Что случилось? — спросил женский голос. — Кто к нам пришел?

— Они хотят поговорить со мной, — Лопатин был явно недоволен появлением супруги.

— Опять следователи? — громко спросила она. — Это уже безобразие! Или они думают, что ты мог убить Глушкова?

— Не нужно так громко, — одернул ее муж. Дронго поднялся и вышел из гостиной. Супруги стояли на лестнице. Оба повернули головы при его появлении. Жена Лопатина стояла в шелковом халате, на кукольном личике была обильная косметика.

— Извините, — пробормотал Дронго, — я хотел бы поговорить и с вашей супругой, Михаил Николаевич. Если, конечно, вы разрешите.

Жена Лопатина удивленно взглянула на мужа. Он был старше ее лет на пятнадцать. Или даже двадцать. Она ждала его решения.

— Не понимаю, при чем тут моя жена, — отозвался Лопатин, — она хотела отдохнуть.

— У меня к ней всего три-четыре вопроса, — настаивал Дронго.

— Хорошо, — согласился Лопатин. — Нелли, спустись к нам, и мы поговорим. Только не в халате. Переоденься и приходи.

Супруга кивнула и пошла наверх. Дронго и Лопатин вошли в гостиную.

— Что вас интересует? — мрачно осведомился Лопатин.

— Ничего особенного. Мне важно составить общую картину происшедшего. Ваша супруга могла заметить некоторые детали, на которые вы не обратили внимание.

— Что она могла заметить? Вы думаете, она была в доме Глушковых в тот вечер?

— Разумеется, нет. Но обычно женщины более внимательны к мелким деталям, чем мужчины. Вы же сами сказали, что гуляли с ней в тот вечер вокруг дома. Возможно, она кого-то заметила...

— Если бы она кого-то заметила, она сказала бы мне об этом, — перебил его Лопатин. — И вообще мы никого не видели. Мы погуляли, подышали воздухом и вернулись домой. Она повторит то же самое.

— Извините, Михаил Николаевич, — вмешался Потапов, — мой коллега иногда бывает бестактным.

— Я заметил, — мрачно кивнул Лопатин. — Конечно, я понимаю, что вам нужно расследовать преступление. Но не таким же образом! Неужели вы думаете, что убийца прятался где-то на даче?

— Нет, — ответил Дронго, — но мы говорили с Романовским. Он вчера заходил к Глушкову.

— Он видел убийцу?

— Нет. Но рассказал много интересного. Кстати, убийца воспользовался довольно редкой моделью пистолета — «Бернарделли П-18 компакт». Не у каждого убийцы могло быть такое оружие.

Лопатин улыбнулся:

— Сейчас с оружием в Москве проблем нет. При желании можно купить даже танк или самолет. Это я вам говорю как председатель Таможенного комитета. Если бы вы знали, какие вещи пытаются провезти через границу и реализовать в нашей стране! Уму непостижимо.

На лестнице снова раздались шаги. В комнату вошла супруга Лопатина, и все трое мужчин поднялись со своих мест. Она была явно польщена подобным вниманием. Успев переодеться, она появилась в эффектном голубом платье. Мода этого года предписывала носить платье с блестками, и на груди у нее было некое подобие рисунка. Усевшись рядом с мужем, она подождала, пока супруг нальет ей легкий шоколадный ликер.

— О чем вы хотели со мной поговорить? — спросила Нелли немного томным и капризным голосом.

Очевидно, эта женщина привыкла к тому, что все ее капризы выполнялись. Она была очень красива, и ей нравилось сознание собственной привлекательности и власти над мужчинами.

— Вы знали семью Глушковых?

Она изумленно взглянула на мужа, потом на Дронго:

— Конечно, знала. Вы же видели меня в их доме.

— Вы их близко знали? — уточнил Дронго.

— Очень близко, — продолжала удивляться Лопатина, — они наши соседи по даче. Мы дружим и с семьей сына Глушкова...

— Мы давно знакомы, — вставил Лопатин. — Я же вам говорил.

— Вы знали, что Глушков коллекционирует монеты?

— Да, — улыбнулась женщина. — Между прочим, Миша один раз даже подарил золотую монету нашему соседу. Очень дорогую. Какую монету ты ему подарил?

— Монету Пергамского царства, — нехотя пояснил Лопатин. Ему явно не нравилась словоохотливость супруги. — Федор Григорьевич не хотел принимать, говорил, что это очень дорогой подарок. Но тогда был его юбилей. Пятидесятипятилетие.

— Вы ходили к ним в гости?

— Я вам говорил: мы мало общались, — ответил вместо жены Лопатин. — И не думаю, что Нелли ответит вам иначе.

— Да, — кивнула Нелли, — на даче у нас не было времени. У Миши столько работы. Он иногда ночует в городе, когда не успевает приехать на дачу. Тогда я еду к нему в город, чтобы не оставаться здесь одной.

— Вы часто общались с Вероникой Андреевной?

— Иногда. Она тоже часто бывала одна, но не любила приезжать на дачу. Ей больше нравился их дом на Кутузовском проспекте.

— В тот вечер вы ничего не слышали?

— Конечно, нет, — удивилась Нелли. Она взглянула на мужа и улыбнулась. — Мы гуляли вокруг дачи, что бывает очень редко. И потом вернулись домой. Сразу легли спать и заснули. Спальня у нас общая, и мы никуда не выходили, — добавила она с легким налетом бесстыдства.

— Понятно, — улыбнулся Дронго. — Еще два вопроса. Вы не знаете других соседей?

— Знаем, — она снова посмотрела на мужа. — Романовские и Перельманы. Один — заместитель министра иностранных дел, а другой вице-президент Академии наук. У Романовского больна жена, сын недавно приехал из Австрии. У академика все нормально, если не считать их активной дочки, которая вечно тянула деньги на различные фонды.

— Это вам сказала Вероника Андреевна? — поинтересовался Дронго.

— Какая разница. Достаточно того, что я знаю.

— Последний вопрос: кто вам сообщил о смерти вашего соседа?

— Утром Миша уехал на работу, а я ждала его машину, которая должна была приехать за мной к десяти утра. Но внезапно я услышала шум, крики, голоса людей. Когда я вышла из дома, мне сказали о смерти Глушкова. Соседи передавали друг другу эту дикую новость. Кто-то из охранников сказал об этом нашему водителю, и Миша приказал мне ехать в город. Потом приехал следователь. Я ему сказала, что ничего не видела и не слышала. Вечером мы с Мишей приехали на дачу и тут узнали, что Глушков убит. Оба следователя беседовали с нами. Очень милые молодые люди.

— Во всяком случае, они пробыли у нас гораздо меньше, чем вы, — с намеком заметил Лопатин.

— У меня вопросов больше нет. Извините, что побеспокоили.

Дронго встал. Потапов поднялся следом. Они пошли к выходу. Лопатины вышли следом. Жена прижалась к плечу супруга.

— В понедельник похороны Глушкова, — напомнил Потапов на прощание. — Извините, что побеспокоили.

— Мы обязательно придем, — пообещала Нелли за себя и за мужа.

Дронго и Потапов вышли на улицу. Накрапывал дождь, и Дронго поднял руку, подставляя ее под падающие капли. Он всегда любил дождливую погоду.

— Хотите интересное наблюдение? — неожиданно спросил Дронго. — Я знаю, почему Вероника Андреевна не ревновала своего мужа к Нелли и так настороженно относилась к Алине Перельман. Женщины обычно интуитивно чувствуют все гораздо лучше мужчин. Она видела, что жена Лопатина красивая и глупая самка. Зато Алина Перельман была интеллектуалкой, которая могла увлечь ее мужа. Веронике Андреевне было гораздо спокойнее с охотницей за богатыми мужьями, чем с разведенной и гордой Алиной Перельман.

— Откуда вы знаете про супругу Лопатина? — удивился Потапов. — Мы только недавно получили досье.

— Он ее второй муж? — усмехнулся Дронго.

— Третий, — пожал плечами генерал. — К двадцати пяти годам она успела трижды выйти замуж. Как и Вероника Андреевна. Иногда мне кажется, что вы слишком наблюдательны даже для эксперта-аналитика. Но мы нисколько не продвинулись в нашем расследовании.

— Досье, — напомнил Дронго. — Мне нужны

все запрошенные досье. И еще вы должны узнать, с кем разговаривал Глушков в последний день. Думаю, что завтра вечером я назову вам имя убийцы. И еще дайте мне распечатку всех телефонных звонков. Посмотрим, с кем академик беседовал в тот день.

ГЛАВА 12

Дронго приехал домой в десятом часу вечера. Через два часа курьер доставил от генерала Потапова выдержки из досье и список телефонов, по которым Глушков разговаривал в тот роковой вечер. Два разговора с председателем Таможенного комитета Лопатиным, три разговора с сыном, один разговор с Романовским. Еще два телефонных разговора с Алиной Перельман. Причем в первом случае позвонила она, а во втором сам Глушков. И, наконец, еще несколько телефонных звонков. Из правительства, из французского посольства, из Государственной думы. И два звонка самого Глушкова. Один раз он звонил в Англию, своему старому знакомому, и один раз — академику Алексееву. Распечатка была приведена по часам и минутам, когда звонили Глушкову и когда звонил он сам.

Дронго внимательно просмотрел распечатку, сделал некоторые отметки. Затем приступил к чтению выдержек из досье. Ничего необычного. И никаких зацепок. Карьера Глушкова была обычным продвижением молодого ученого, стремительно поднявшегося и оказавшегося востребованным в сложные девяностые годы, когда экономисты вышли на первый план. У Романовского была длинная и почетная биография заслуженного дипломата. Дважды он работал послом и дважды назначался заместителем министра иностранных дел. У его сына карьера была короткой, но достаточно емкой. Окончив МГИМО, младший Романовский получил назначение сначала в ГДР, затем в ФРГ. Некоторое время работал в Швейцарии, а затем получил назначение в Австрию. Дронго усмехнулся. Он вспомнил, как один из его школьных друзей, учившийся в МГИМО, объяснял ему разницу между западным и восточным отделениями, когда в первое попадали исключительно дети дипломатов и членов Политбюро, а во второе — все остальные, сумевшие прорваться в этот престижный вуз.

Биографию Перельмана можно было не читать. Перечисление его заслуг, званий и научных достижений заняло четыре страницы. А сведения о месте работы уместились в нескольких строчках. Это были два института. Здесь он вырос до вице-президента Академии наук и директора НИИ. Его дочь тоже сделала карьеру, выбрав модную в то время профессию филолога. Закончив МГУ, она несколько лет работала в Германии. Дронго отметил этот факт, подумав, что, возможно, она встречалась там с сыном Романовского.

У Нелли Лопатиной была более «заслуженная» биография. Первый муж был руководителем джаз-ансамбля, она вышла за него в шестнадцать лет. Однако уже через полтора года они развелись с мужем. В двадцать лет она приняла участие в конкурсе красоты и победила. Тогда же вышла замуж за руководителя модельного агентства. Через год она снова победила на престижном конкурсе в Африке. Еще через год развелась со вторым мужем. И, наконец, в двадцать три года стала супругой руководителя Таможенного комитета Лопатина, который развелся со своей супругой, оставив двоих детей, чтобы жениться на Нелли Чуркиной, ставшей Нелли Лопатиной. И наконец биография Вероники Андреевны, мало чем отличающаяся от биографии Нелли Лопатиной. Глушков был третьим мужем Вероники Андреевны, только в отличие от Лопатина он был вдовцом.

«Кажется, в России появился класс «профессиональных» жен, которые умудряются по нескольку раз выгодно выйти замуж», — подумал Дронго.

Он вспомнил, как его отец, всегда отличавшийся своим галантным отношением к дамам, объяснял секреты семейной жизни известной пословицей: «Одна жена — очень много, две жены — очень мало. Один муж — очень много, два мужа — очень мало».

Закончив чтение досье, он пересел к своему компьютеру и ввел в него нужные данные. Никаких новых фактов он не узнал. На часах было уже половина второго ночи, когда он позвонил Потапову на его мобильный аппарат. Телефон оказался включенным.

— Вы спите? — спросил он генерала. — Извините, если побеспокоил.

— Думаете, я могу заснуть? — даже обиделся Потапов. — Завтра последний день, а ничего не ясно. Конечно, я не сплю. У вас что-нибудь случилось?

— Вы не прислали мне досье на детей Глушкова.

— Не прислал, — подтвердил Потапов. — Только они вам не понадобятся. Думаете, что его дочь могла прилететь из Швеции, чтобы убить отца, и снова вернуться в Стокгольм? Насчет сына мы тоже проверяли. Чистое алиби. Его не было на даче в момент смерти отца.

— Я же не утверждаю, что они убили своего отца, — возразил Дронго. — Но в моей практике было немало случаев, когда кто-то из близких заказывал убийство своего родственника, рассчитывая получить наследство.

— Вы полагаете, они могли совершить нечто подобное? — не поверил Потапов. — У вас есть факты?

— Пока нет. Но завтра мне понадобятся их досье. Надеюсь, что следующий день будет результативнее, чем сегодня.

— Очень на это рассчитываю, — вздохнул Потапов. — До свидания. Я даже не могу пожелать вам спокойной ночи. У меня такой ночи уж точно не будет.

Потапов и не предполагал, насколько пророческими окажутся его слова и какое страшное известие сообщат ему завтра утром охранники.

Дронго отключил телефон и подумал, что ФСБ наверняка уже прослушивает все телефоны не только самого Дронго, но и генерала Потапова.

Он заснул, как обычно, часам к пяти утра. И был неприятно удивлен резким телефонным звонком, разбудившим его в десять часов. Он прислушался. Включился автоответчик. И услышал тревожный, срывающийся голос генерала Потапова:

— Возьмите трубку, Дронго, срочно снимите трубку!

Он повернулся на другой бок. Странно, что генерал стал таким истеричным. В конце концов, у них еще есть сегодняшний день. И до следующего утра еще много времени. А ему необходимо выспаться, чтобы иметь ясную голову. Но новый звонок не дал ему уснуть.

— Возьмите трубку, — чуть не кричал Потапов. — У нас произошло несчастье.

Дронго поднялся, неторопливо подошел к телефону. В этот момент позвонил внутренний телефон, связывающий его квартиру с охранниками внизу.

— Что случилось? — спросил Дронго, поднимая трубку внутреннего телефона.

— Сейчас вам позвонят по городскому телефону, — сказал один из охранников.

За все время проживания Дронго в этом доме охранники звонили ему впервые. К тому же сегодня воскресенье. Снова зазвонил городской телефон. Он взял трубку.

— Дронго! — кричал Потапов. — Я все утро вам звоню! У нас несчастье. Срочно приезжайте в Жуковку. Я уже в поселке и послал за вами машину. Приезжайте как можно быстрее. У нас трагедия.

— Что произошло?

— Еще одно убийство, — с трудом выговорил Потапов, — и очень похожее на убийство Глушкова. Через полчаса сюда приедет генеральный прокурор. Уже доложили премьер-министру. Я не знаю, что с нами будет, но вам лучше приехать...

— Кого убили?

— Лопатина. Его нашли утром. Он был убит в своем доме. Оружия рядом не было. В общем все, как в первом случае. Один выстрел, и снова нет пистолета. И убийцы нет. Срочно приезжайте, я не могу говорить такие вещи по телефону. Убили такого человека! Вы должны меня понять...

Дронго растерянно положил трубку. Нужно ли объяснять, что произошло! В четверг в строго охраняемом дачном правительственном поселке застрелен бывший вице-премьер правительства, академик Глушков. А в воскресенье в том же поселке, в соседнем доме, убит при схожих обстоятельствах руководитель Таможенного комитета Лопатин. Это даже не скандал, это чудовищный просчет всех спецслужб. Теперь Потапова могло спасти только чудо. Но и его коллега из ФСБ генерал Земсков уже не может остаться в стороне. Если начнут наказывать, то Земсков, возглавивший расследование убийства Глушкова, будет таким же кандидатом на вылет с работы, каким до вчерашнего дня был Потапов.

«Почему я зациклился на собственных версиях и не верю в возможность заговора спецслужб? — подумал Дронго. — Логично предположить, что подобные убийства организуют сами сотрудники правоохранительных органов. Ведь ФСБ было бы выгодно представить службу охраны как беспомощное и ни на что не способное ведомство. И тогда можно было бы ставить вопрос о том, чтобы его снова подчинить контрразведке. Они могли сознательно пойти на убийство Глушкова. В свою очередь службе охраны нужно было както оправдаться, тем более что вчера произошел еще один инцидент между генералом Потаповым и сотрудниками Таможенного комитета. В службе Потапова могли решить, что Лопатин — самая удобная фигура для нанесения ответного удара. Теперь уже под сомнением возможность самого ФСБ результативно проводить расследования. Интересная ситуация. Если Земсков не идиот, он должен понимать, чем ему грозит убийство Лопатина. И на этот раз он должен встретить Дронго куда приветливее, чем в первый раз.

Сидя в машине, направляющейся в Жуковку, Дронго достал мобильный телефон и набрал номер Эдгара Вейдеманиса.

— Доброе утро, — мрачно поздоровался он, — хотя должен сказать, что оно не очень доброе.

— Догадался по твоему голосу, — отозвался Эдгар. — Сегодня воскресенье, а ты звонишь так рано. Значит, действительно произошло нечто серьезное.

— Убит Лопатин.

— Кто? — не понял Вейдеманис.

— Руководитель Таможенного комитета страны. Убит на даче в Жуковке, как и Глушков. Один выстрел — и снова никаких следов. Ни пистолета, ни убийцы.

— Где ты сейчас? — явно нервничая, спросил Эдгар.

— Еду на дачу. Меня вызвал Потапов.

— Я так и подумал. Возвращайся в Москву.

— Ты думаешь, мне лучше туда не ездить?

— Убежден. Завтра похороны Глушкова. Если они не стали ждать и решились убрать федерального министра, значит, дело хуже, чем мы думаем. Гораздо хуже, Дронго. Возвращайся обратно.

— Мне кажется, ты ошибаешься. Я почти уверен, что это не политическое дело.

— Может быть, я ошибаюсь, — согласился Эдгар. — Но все равно будет лучше, если ты вернешься домой. Тебе не нужно туда ехать. В таких случаях один человек ничего не может сделать. Это схватка двух спецслужб, и тебе лучше не принимать в ней участие.

— Я не могу вернуться, — вздохнул Дронго. — Я дал слово Потапову, и сейчас он меня ждет на даче. Похоже, что я — его последний шанс. Может быть, вообще единственный. И поэтому я поеду и туда.

Вейдеманис молчал, обдумывая ситуацию.

— Будь осторожен, — наконец сказал он. — Возможно, что ты ошибаешься и это политические преступления. Если я прав, то тебе грозит серьезная опасность. Может быть, мне поехать с тобой?

— Чтобы нас убили обоих? — невесело спросил Дронго. — Нет, лучше сиди дома. В крайнем случае я буду знать, что есть кому позаботиться о моих близких. В общем, не нужно заранее меня хоронить.

Он убрал аппарат. Эдгар, конечно, прав. Второе убийство в Жуковке — это не просто убийство. Это вызов. Неужели на такое могли решиться сотрудники спецслужб? Не похоже. Они ведь не самоубийцы, должны понимать, чем грозят подобные игры. Тогда получается, что в Жуковке действует психопат-одиночка. Он проникает в дома и убивает чиновников. В первом случае он еще и похитил монеты. А во втором? Что он унес из дома Лопатина? Его дорогие напитки? Или диваны с креслами? Если оба убийства — не заговор спецслужб и не преступления маньяка, то кто их совершил?

Дронго закрыл глаза и откинулся на спинку сиденья. Отдельные фрагменты складывались в его сознании в общую картину, но было абсолютно неясно, каким образом были совершены оба преступления.

На подъезде к поселку машину остановили сотрудники ФСБ и службы охраны. По приказу генерала Земскова в поселок никого не пропускали. Потребовался почти час, пока нашли Земскова и Потапова, и те разрешили Дронго пешком пройти до дома Лопатина. Двое сотрудников ФСБ сопровождали его. Около дома толпились человек двадцать сотрудников разных ведомств.

На пороге дома вдруг появился грузный мужчина лет пятидесяти в синей прокурорской форме. Что-то гневно выговорив окружавшим его людям, он сел в автомобиль и уехал. Среди стоявших Дронго узнал двух генералов. По их растерянным лицам было ясно, что крики генерального прокурора предназначались прежде всего им — ответственному за следствие генералу ФСБ Земскову и ответственному за охрану Жуковки генералу Потапову.

Дронго подошел ближе. Оба генерала, не сговариваясь, повернулись к нему. У обоих было одинаково мрачное выражение лица. Увидев Дронго, Земсков скривил губы. У него была непропорционально большая голова на худом теле, тонкие губы, выпуклые глаза.

— Прибыли? — сказал он вместо приветствия. — Хотите полюбоваться, как нас будут гнать с работы? Это ведь ваши поиски спровоцировали убийство Лопатина, я в этом убежден.

— При чем тут Дронго? — вступился Потапов. — Мы с ним вчера вечером были у Лопатина. У того было прекрасное настроение. Кто мог подумать, что все так закончится?

— Теперь вы убедились, что я был прав? — не

сдавался Земсков. — Не нужно было приглашать вашего эксперта. Он все равно ничего не сделал!

Потапов огорченно молчал.

— Вы еще успеете меня отсюда выгнать, — миролюбиво заметил Дронго, — но раз уж я здесь, может, вы мне расскажете, как это произошло?

— Зачем? — пожал плечами Земсков. — В доме работают лучшие специалисты ФСБ и прокуратуры, сразу две группы экспертов. Неужели вы думаете, что в одиночку можно расследовать преступления, которыми занимаются столько профессионалов? Время одиночек прошло, Дронго. Давно прошло. Сейчас двадцать первый век — не девятнадцатый и даже не двадцатый. Наступила эра компьютеров.

— Вы хотите сказать, что время работать головой уже прошло? — уточнил Дронго. — А мне кажется иначе. Как раз сейчас и нужно больше работать головой, которую не заменят никакие компьютеры. Интуицию, наблюдательность, опыт компьютеры пока не могут воспроизводить. Мне нужно знать, что произошло в доме, как был убит Лопатин, — решительно закончил он.

— Дронго нам не помешает, — заступился за него Потапов, мрачно глядя в сторону.

— Поступайте, как знаете, — отмахнулся Земсков, — мне уже все равно. Завтра утром с нас обоих снимут погоны, генерал. И нам уже не помогут ни мои следователи, ни ваш эксперт. В этом я убежден.

В этот момент в соседнем доме раздались громкие крики.

— Нашли! Нашли! — кричали сразу несколько человек.

— Что случилось? — строго спросил Земсков, останавливая пробегавшего мимо офицера.

— Убийцу нашли, — пояснил сотрудник ФСБ. — Его схватили, когда он пытался спрятать пистолет.

Земсков не смог сдержать улыбки. Он победно взглянул на Потапова, затем на Дронго.

— Может, вы действительно счастливчик, — голос его прозвучал бодро. — Сейчас мы узнаем, кто этот негодяй, застреливший Глушкова и Лопатина.

ГЛАВА 13

Они направились к соседнему дому. Там уже находились возбужденные сотрудники ФСБ, задержавшие незнакомца и изъявшие у него пистолет. Когда появились генералы Земсков и Потапов, один из сотрудников ФСБ передал пистолет своему руководителю.

— Изъят при задержании, — коротко доложил он.

— Пистолет системы Бернарделли, — улыбнулся Земсков, показывая оружие Потапову. — Поздравляю вас, Леонид Александрович. Все-таки ваши сотрудники прошляпили убийцу. Видимо, он оба раза перелезал через забор и пользовался этим редким оружием.

Дронго, не обращая внимания на слова Земскова, обернулся, чтобы посмотреть на задержанного. И не смог сдержать улыбку.

Потапов, увидев задержанного, тоже улыбнулся.

— Вы утверждали, что мы пропустили постороннего человека? Господин Земсков, перед вами Сергей Всеволодович Романовский, советник российского посольства в Австрии, потомственный дипломат и сын заместителя министра иностранных дел Всеволода Витальевича Романовского, живущего в этом доме. — В голосе Потапова звучало нескрываемое торжество.

Земсков закусил губу. Романовский стоял в тренировочном костюме, перепачканный травой, листвой и мелким мусором. Очевидно, его повалили на землю и довольно долго так держали, когда, отняв пистолет, послали за руководством, чтобы сообщить ему радостную весть. Услышав, кого именно они задержали, сотрудники ФСБ разжали руки и отступили на шаг. Земсков мрачно посмотрел сначала на них, затем на задержанного. Радостного состояния, в котором он пребывал несколько минут назад, как не бывало.

— Вы действительно дипломат? — спросил он у Романовского.

Задержанный начал стряхивать с себя сор.

— Если бы ваши громилы меня не ткнули лицом в землю, я бы им все объяснил, — зло сказал Сергей Романовский. — Я поднялся полчаса назад и решил сделать пробежку вокруг дома. Когда я делал третий круг, то увидел, что в кустах рядом с нашим домом что-то блеснуло. Я подбежал ближе и заметил оружие. Про убийство академика Глушкова я уже знал и решил, что это тот самый пистолет. Наклонился, чтобы его поднять. Мне было неприятно, что он лежит рядом с нашим домом. Тем более что вчера вечером прибывшие к нам господа делали неприличные намеки и в адрес моего отца, и в мой адрес, словно мы были заинтересованы в смерти нашего соседа. Когда я поднял пистолет и начал его рассматривать, услышал крик сзади. Потом меня бросили на землю. Пистолет у меня сразу отняли. Крик стоял страшный! Все мои попытки что-либо объяснить ни к чему не привели. Меня держали на земле несколько минут и только перед вашим приходом разрешили подняться.

— Это не ваш пистолет? — строго спросил Земсков.

— Господи, конечно, нет! Откуда у меня может быть такой пистолет? Я же говорю, что нашел его в кустах.

— Вы его действительно знаете? — на всякий случай еще раз спросил Земсков, обращаясь к Потапову и Дронго.

Потапов кивнул.

— Его отец живет в этом доме, — показал он на ближайший дом. — Мы можем зайти и все проверить.

— Успеем еще, — отмахнулся Земсков. — Вы всегда бегаете по утрам именно по этим дорожкам?

— Естественно, нет, — раздраженно ответил советник посольства. — Я приехал к отцу всего на несколько дней. У меня дома идет ремонт, мать тяжело больна и находится в больнице. Именно поэтому я остановился на даче у отца. Эти господа все прекрасно знают, они вчера у нас были, — указал он на Потапова и Дронго.

— Да, — подтвердил Дронго, — все так и есть.

— Вас не спрашивают, — зло оборвал Земсков. — Когда вы прилетели в Москву, господин Романовский?

— Три дня назад. Если вы хотите знать, был ли я здесь в момент убийства Глушкова, то да, был. Ваши следователи меня уже допрашивали. В момент преступления я спал.

— Откуда вы знаете, когда был убит академик Глушков? — мрачно поинтересовался Земсков.

— Мой отец заходил к нему, но не застал его, — объяснил Романовский, понимая, что скрывать подобную информацию не стоит. — А потом к нему зашла другая соседка и обнаружила, что он мертв. Вернее, убит. Поэтому я примерно знаю время, когда было совершено преступление.

Земсков, взглянув на Потапова, покачал головой.

— Вы скрыли такую важную информацию от следователей, — очень тихо сказал он.

— Ничего мы не скрыли, — огрызнулся Потапов. — Мы сами только вчера вечером обо всем узнали. Да и то благодаря нашему эксперту, которого вы так не любите.

— Пойдемте в дом, — разрешил наконец Земсков.

Они направились к дому Романовского. На пороге стоял хозяин, встревоженный криками и долгим отсутствием сына. Увидев подходивших к нему людей, он надел очки и высоко поднял голову, ожидая объяснений.

— Здравствуйте, Всеволод Витальевич, — вежливо приветствовал его Земсков. — Извините, но мы вынуждены вас потревожить. С вашим сыном произошел небольшой инцидент. И нам хотелось бы поговорить с вами.

— Что случилось? — Отец взглянул на сына и, заметив, что он весь перепачкан, заволновался еще больше. — Что вообще происходит?

— Можно войти?

Земсков разговаривал с заместителем министра иностранных дел гораздо любезнее, чем со своими сотрудниками и с задержанным.

— Входите, — жестом руки пригласил их старший Романовский. — Кажется, мы с вами встречались на совещании в МИДе?

— Да, — кивнул Земсков. — Я — заместитель директора ФСБ генерал Земсков.

— Такое количество генералов на один бифштекс, — пробормотал Романовский-старший.

Следом за Потаповым и Дронго в дом вошел младший Романовский. Остальные сотрудники ФСБ и службы охраны остались на улице перед домом.

— При чем тут бифштекс? — не понял Потапов и посмотрел на Дронго.

— У Райкина была такая юмореска, — пояснил Дронго. — Там он говорил: «Столько образования на один бифштекс».

— Он еще смеется над нами? — нахмурился Потапов.

— Очень может быть, — сказал Дронго, скрывая улыбку.

Все пятеро расселись вокруг стола.

— Вашего сына задержали в тот момент, когда он держал в руках пистолет, из которого предположительно был застрелен академик Глушков, — пояснил Земсков, обращаясь к хозяину дома.

— Пистолет? — изумился Всеволод Витальевич. — Какой пистолет? Откуда в нашем доме пистолет?

— Я его случайно нашел... — попытался объяснить сын.

— Помолчи, — решительно прервал его отец. — Я хочу сначала выслушать наших гостей и понять, что же произошло.

— Вашего сына задержали рядом с вашим домом, когда он держал в руках оружие, — продолжал Земсков. — Наши сотрудники, получив задание осмотреть все вокруг, и обнаружили вашего сына. Правда, он утверждает, что совершал пробежку вокруг дома и случайно заметил оружие в кустах.

— Вполне возможно, — кивнул старший Романовский. — Не понимаю, почему вы ему не верите. Или вы полагаете, что дипломат такого ранга может совершить банальное убийство? Мы очень уважали Федора Григорьевича, хорошо знали друг друга. Разумеется, мой сын говорит правду.

— Когда ваш сын покинул дом? — спросил Земсков.

— Полчаса назад или час. Какое это имеет значение? Главное, что он действительно бегает по утрам вокруг дома. И, конечно, случайно заметил брошенный кем-то пистолет, из которого был убит наш сосед. В этом я убежден.

— Какой сосед? — криво усмехнулся Земсков.

— Что значит какой? — не понял Романовский. — Глушков! Он был убит три дня назад.

— Сегодня утром в своем доме был найден убитым другой ваш сосед. Руководитель Таможенного комитета страны Михаил Николаевич Лопатин. Его застрелили так же, как и Глушкова, из оружия, найденного вашим сыном. Пистолета рядом с жертвой мы не нашли.

— Господи! — прошептал во внезапно наступившей тишине Сергей Романовский. — Значит, и его тоже.

У старшего Романовского реакция оказалась более сдержанной. Сказалась многолетняя работа на дипломатическом поприще. Он сжал губы, нахмурился, снял очки. Дрожащей рукой протер их и снова надел.

— Его убили... — тихо повторил он. — Значит, теперь убили и другого нашего соседа.

— Да, — подтвердил Земсков, — надеюсь, теперь, когда вы все знаете, вы поймете наших сотрудников. И их подозрительность, и их действия.

— Зачем тебе нужно было брать этот пистолет? — спросил отец, глядя сыну в глаза.

Тот пожал плечами и попытался улыбнуться, но у него дрожали губы и улыбка получилась вымученной.

Каждый из сидевших в комнате понимал сложность ситуации. Дело было даже не в найденном пистолете. Карьера Романовского-младшего теперь зависела от того, как быстро найдут настоящего убийцу. Так или иначе, советник посольства оказался замешанным в скандале. Смерть федерального чиновника в ранге министра была событием невероятным, и все это прекрасно понимали.

— Что вы думаете делать? — поинтересовался старший Романовский. — Арестуете моего сына?

— Пока нет, — ответил Земсков, — но подписку о невыезде с него возьмем.

— Это будет означать крах его карьеры, — сказал отец.

— Ничего не могу сделать, — развел руками Земсков. — Я просто не имею права разрешить ему выехать в Австрию. После смерти Лопатина здесь уже побывал генеральный прокурор. Я думаю, что об убийстве Лопатина уже знает президент. Вы должны понимать, что многое уже не в моей власти.

Старший Романовский опустил голову, снова снял очки. Затем неожиданно взглянул на Земского.

— А если это мой пистолет? — хрипло спросил он

— Не нужно, — печально сказал Дронго. — Вам все равно не поверят. Это вызовет еще больший скандал. Заместитель министра иностранных дел убивает бывшего вице-премьера и стреляет в председателя Таможенного комитета. На это должны быть веские причины. Очень веские. К тому же после этого ваш сын наверняка потеряет работу. И я думаю, что все догадаются, почему вы решили взять вину на себя.

— Уходите, — попросил Всеволод Витальевич, закрывая глаза.

— У меня есть вопрос, — неожиданно произнес Дронго. — Скажите, насколько ценной является монета Пергамского царства?

Романовский открыл глаза. Заинтересованно взглянул на своего гостя.

— Вы разбираетесь в нумизматике? — слабым голосом спросил он.

— Не очень. Но мне интересно знать, насколько она ценная.

— Я сейчас не в состоянии давать вам консультации по подобным вопросам, — выдавил Всеволод Витальевич.

— При чем тут монеты? — сердито спросил Земсков. — Что вы от него хотите?

— Это имеет отношение к расследованию преступлений, — пояснил Дронго. — Скажите, монеты Пергамского государства очень ценные? — снова спросил он.

Романовский с интересом посмотрел на него. Потом покачал головой:

— Серебряные монеты эпохи расцвета Эвмена II — нет, поскольку это не редкость. Есть монеты Эвмена I и Аттала. Они тоже встречаются довольно часто. Монеты, относящиеся к периоду царствования царя Филитера, встречаются реже. Но серебряные монеты можно найти. А вот золотую монету с изображением Аттала I, отчеканенную в честь его победы над галатами, найти практически невозможно. В мире известно всего несколько золотых монет подобного достоинства. На лицевой стороне изображен царь, а на другой — храм Зевса, воздвигнутый в честь победы царя над галатами, примерно в III веке до нашей эры.

— Сколько может стоить такая монета?

— Пятьдесят тысяч долларов. А может, и сто. Или чуть меньше. Не знаю точно. Таких монет всего несколько. Одна из них была у Федора Григорьевича. А почему вы меня об этом спрашиваете?

— Спасибо, — сказал Дронго. — Я не знаю, чем кончится сегодняшний день, но вашему сыну лучше сидеть дома и никуда не выходить.

— Объясните, что происходит? — заволновался Земсков.

— Уже ничего. У меня остался последний вопрос к Сергею Всеволодовичу. Скажите, когда вы работали в Германии, вы встречались с Алиной Перельман?

— Я знал, что она работает в Кельне. А я жил рядом, в Бонне. Иногда мы виделись.

— Ясно. — Дронго поднялся, взглянул на Потапова и Земскова и неожиданно произнес: — А теперь мне будут нужны ваши объяснения.

— Вы меня подозреваете в убийстве Глушкова? — ехидно поинтересовался генерал Земсков. — Или в убийстве Лопатина?

— Нет, — засмеялся Дронго. — Идемте, генерал, нам нужно наконец оставить их одних.

Когда Дронго и генералы вышли из дома, Потапов тихо осведомился:

— Может, вы нам объясните, почему вас так интересуют эти монеты?

— Еще не время, — уклонился от ответа Дронго. — Вы можете мне наконец рассказать, что обнаружили эксперты в доме Лопатина?

— Не знаю, — ответил Потапов, — там работают сотрудники ФСБ. В функции службы охраны не входит проведение следственных действий.

Дронго взглянул на Земскова.

— Никогда в жизни! — взорвался генерал. —

Я не пущу вас в дом! Я вообще прикажу удалить вас из поселка. Хватит! Уже ясно, что вы блефуете и не можете ничего сделать. Лучше уезжайте, пока я не обвинил вас в сокрытии важных фактов от следствия. Уезжайте!

— Не уеду, — твердо сказал Дронго. — И не кричите на меня. Ненавижу, когда на меня кричат. Начнем с главного. В поселке убиты высокопоставленные чиновники, и причем одним и тем же способом — выстрелом в сердце, из одного и того же оружия. По-моему, уже можно сделать некоторые выводы.

— Какие выводы? — не понял Земсков. — Мы должны арестовать Сергея Романовского. Желательно сегодня вечером. А выводы сделает завтра утром наш президент. Он выгонит и меня, и вашего друга Потапова. Причем выгонит так, что нас не возьмут на работу даже сторожами в цирке. Если вообще не посадят за халатность.

— Стоп! — вдруг сказал Дронго. — Кажется, мы упустили важную деталь.

— Какую деталь? — не понял Земсков.

— Телефон. В день своей смерти Глушков разговаривал со множеством людей. И звонил академику Алексееву.

— Ну и что? У него много друзей среди академиков, — не понял Земсков.

— Возможно, он позвонил случайно, — кивнул Дронго, — но нужно проверить. Я запомнил номер телефона. Если вы разрешите, я ему сейчас позвоню.

— У вас мания, — безапелляционно заявил Земсков. — Меня потрясает ваша самоуверенность.

Дронго отошел от него и набирал номер по памяти. Почти сразу ему ответил знакомый голос.

— Извините, — сказал Дронго, — это академик Алексеев?

— Да, вы позвонили на мой мобильный телефон. Я сейчас отдыхаю за городом. А кто со мной говорит? И откуда вам известен номер моего телефона?

— Извините, — еще раз сказал Дронго. — Может быть, вы меня помните. Однажды я выступал с научным докладом в МГУ. А вы руководили семинаром. Меня обычно называют Дронго, но я могу назвать вам и свое настоящее имя.

— Не нужно, — рассмеялся Алексеев. — Я вас вспомнил. Мои коллеги рассказывали мне про вас. Говорят, вы лучший сыщик в стране. Или в мире. Даже не знаю, как вас назвать.

— Слухи всегда преувеличены, — возразил Дронго. — Извините, что вынужден вас побеспокоить. Вы слышали о смерти академика Глушкова?

— Конечно. Мы не были близко знакомы, но я очень уважал Федора Григорьевича и за его принципиальность, и за его практическую деятельность. Объявлено, что похороны будут завтра. Я обязательно буду. Вы позвонили по этому поводу?

— Не совсем. Три дня назад, в прошлый четверг, Глушков звонил вам на мобильный телефон. Если учесть, что у вас разные сферы деятельности и, как вы сейчас сказали, вы почти не были знакомы, то я хотел бы знать, по какому поводу он вам звонил?

— Значит, правда, что Глушков не просто умер, но его убили?

— Я пока не могу вам этого сказать. Просто не имею права. А вы можете мне объяснить, почему он вам позвонил?

— Не вижу смысла делать тайну из нашего разговора. Он спрашивал меня о применении статьи двести первой в новой редакции Уголовного кодекса, принятого Государственной думой. Злоупотребление служебным положением. Ему хотелось уточнить некоторые детали. У нас был недолгий разговор, буквально несколько минут. По-моему, он немного нервничал, но детали разговора я уже не помню. В моем возрасте такой недостаток вполне объясним.

— Спасибо, — сказал Дронго. — Вы мне очень помогли! Большое спасибо.

Убрав аппарат, он подошел к генералам. Они испытующе смотрели на него.

— Только попробуйте меня остановить! — громко произнес Дронго. — Я иду в дом Лопатиных, чтобы закончить наконец свое расследование.

— Что?! — одновременно воскликнули Потапов и Земсков.

— И не мешайте мне, — попросил Дронго. — Иначе мы действительно никогда ничего не узнаем.

ГЛАВА 14

К дому Лопатиных они направились втроем. Толпа сотрудников правоохранительных органов вокруг дома увеличилась — теперь здесь было не менее пятидесяти человек. Все молча смотрели, как два генерала и неизвестный высокий мужчина прошли мимо офицеров и сотрудников спецслужб и вошли в дом. В самом доме работали человек десять. Лучшие силы прокуратуры и ФСБ были брошены на расследование обстоятельств гибели председателя Таможенного комитета.

Земсков вошел первым, по-хозяйски огляделся и, взяв стул, уселся на него. Рядом стояли еще два стула. Он указал на них Потапову и Дронго. Когда те сели, Земсков строго спросил у одного из сотрудников:

— Где вдова погибшего?

— У себя в спальне. Ей было плохо, мы даже вызывали «Скорую помощь».

— Она сможет говорить? — поинтересовался Земсков.

— Не знаю, — пожал плечами офицер. Земсков неприязненно взглянул на Дронго. Потом на офицера. И снова на Дронго.

— Что вас интересует? — спросил он.

— Что известно об обстоятельствах убийства? — устало осведомился Дронго.

— Примерно часа два назад, — пояснил офицер, — они были в спальне, потом Лопатин спустился на первый этаж. Жена говорит, что услышала шум и хлопок, но не поняла, что там произошло. Спустилась вниз. Он лежал на полу в коридоре. Рядом никого не было. Дверь была открыта. Как видите, все повторилось. Снова один выстрел, и снова исчезнувший убийца. Только на этот раз эксперты обратили внимание, что дуло пистолета было как бы вдавлено в тело убитого.

— Опять убийца подошел близко, — понял Потапов. — Почему он каждый раз так рискует?

— Больше она ничего не помнит. Она закричала, позвонила сотрудникам охраны. Потом ей стало плохо, она лежит в спальне.

— Его застрелили из пистолета? — поинтересовался Дронго.

— Да, системы Бернарделли, — ответил офицер. — Итальянский пистолет с укороченным дулом. Тот самый, что мы нашли. У него мощный самовзводный ударно-спусковой механизм, сцепленный затвор и уникальный магазин с двухрядным расположением патронов.

— Больше ничего?

Дронго ждал от офицера дополнительной информации.

Тот взглянул на Земскова. Генерал еле заметно кивнул. Сейчас ему важнее всего было, чтобы Дронго продолжил расследование. Тогда оставался хотя бы один шанс.

— На пистолете найдены комочки влажной земли, — пояснил офицер, — хотя почва в том месте, где был взят подозреваемый, относительно сухая, там кусты и деревья. И дождя не было. Кроме того, мы нашли полотенце, на котором видны следы земли и смазки. Полотенце оказалось в груде грязного белья. Сейчас мы проверяем все отпечатки пальцев, которые обнаружили в доме. Первый этаж мы уже проверили, — с гордостью сообщил офицер, — следы посторонних есть, мы проверяем их по нашей картотеке.

— Мои отпечатки здесь тоже могли остаться, — усмехнулся Дронго. — Мы были здесь вчера с генералом Потаповым и даже пили вместе с хозяином дачи.

— Какой ужас, — лицемерно вздохнул Потапов, — мы потеряли выдающегося организатора.

— Полотенце... — повторил Дронго. — Нам все равно придется рано или поздно поговорить с супругой Лопатина. Может, нам лучше туда подняться? Или она сама спустится к нам?

— Я ее приглашу, — сказал сотрудник ФСБ и вышел из комнаты.

Потапов посмотрел на Дронго.

— Только не мучайте его вдову, — предостерег он, — она все равно ничего не знает.

— Моя задача — найти истину, — парировал Дронго, — а садистских наклонностей у меня никогда не было. Пусть спустится вниз, и мы поговорим. Может быть, тогда я быстрее найду убийцу ее мужа. Гораздо быстрее, чем она может себе это представить.

Через минуту на лестнице раздался стук каблуков. На этот раз Нелли Лопатина была в темном платье, а на голове черная косынка. Войдя в комнату, она тихо поздоровалась со всеми и села к столу. Наступило неловкое молчание. Оба генерала избегали смотреть друг на друга. Нелли Лопатина взглянула на Дронго, и полуулыбка, одновременно жалкая и чуть хищная, появилась на ее чувственных губах.

— Что вы хотите? — спросила она печально. — Мишу убили, и я осталась одна.

— Примите мои соболезнования, — пробормотал Дронго.

— Вчера мы были вместе, — напомнила она. — Все так внезапно произошло, — она обвела взглядом гостиную. — Его больше нет.

— Простите меня, — печально сказал Дронго, — я понимаю, в каком вы состоянии, и не собираюсь вас долго мучить. Скажите, вы ничего не заметили сегодня ночью, сразу после нашего ухода? Может быть, он нервничал? Или кому-то звонил?

— Нет, не нервничал и не звонил, — вздохнула она. — Мы почти сразу легли спать. А утром я проснулась и увидела, что он спустился вниз. А потом я услышала выстрел и быстрые шаги. Я побежала вниз, но здесь уже никого не было, а Миша лежал на полу, — голос у нее дрогнул.

— А в чем он был одет?

— На нем были только трусы и майка. Все вокруг было залито кровью. Я так испугалась, что несколько секунд не могла двинуться с места, — она всхлипнула, — а потом я закричала. И сразу бросилась к телефону. Через минуту здесь были сотрудники службы охраны, а потом приехали и все остальные.

— Телефон у вас внизу или наверху?

— Есть и внизу, и наверху, — ответила она. — У нас несколько мобильных аппаратов, но городской есть и в спальне, и в гостиной.

За дверью послышались громкие голоса, кто-то хотел войти в дом, но его не пускали. Он громко возмущался, объясняя, что он брат покойного. Нелли, услышав препирательства, снова вздохнула, но промолчала.

— Вы можете вспомнить, что было в тот вечер, когда был убит академик Глушков? — поинтересовался Дронго.

— Сейчас я уже ничего не помню, — призналась она.

— Попробуйте вспомнить. Это был четверг. Вы были дома одна. Вечером приехал ваш супруг, и вы с ним вышли погулять около дома. А утром вы узнали, что убит Федор Григорьевич. Так вы говорили вчера.

— Значит, все так и было. Я точно не помню.

— Вы часто гуляли с мужем около дома?

— Крайне редко, — всхлипнула она. — И уже больше никогда не будет этих прогулок. — Слеза скатилась по ее щеке, и Нелли вытерла ее рукой.

Земсков шумно вздохнул и с укором посмотрел на Дронго.

— Вы были в курсе дел своего супруга? — продолжал Дронго.

— Михаил мне почти ничего не рассказывал, — призналась она. — Он не любил, когда женщина вмешивается в дела мужа. В последнее время мы мало виделись. Он сутками пропадал на работе. Я даже уговаривала его уйти в отпуск, так он уставал. Приезжал поздно ночью, а иногда оставался в городе, и тогда я ездила к нему. Я вам об этом уже говорила.

— Ваш супруг говорил, что хорошо знал семью Федора Григорьевича.

— Он считал Глушкова своим наставником, — кивнула Нелли Лопатина, — и вообще всегда относился к нему с большим уважением. И теперь получилось так, что они ушли вдвоем. Один за другим. Кто бы мог подумать, что все так случится...

Она явно отклонялась от темы и собиралась снова расплакаться.

— И его детей вы тоже хорошо знали?

— Мы же с вами об этом уже говорили, — сквозь слезы произнесла она. — Всех знали. И нас все знали. Все его любили...

— Может быть, хватит? — не выдержал Земсков.

— Нет, — возразил Дронго, — у меня есть еще несколько вопросов.

— Как вы бестактны, — пробормотал Земсков.

Потапов молчал, не решаясь вмешиваться.

В этот момент за дверью снова послышались голоса. Дверь открылась. Послышался стук каблуков. Потапов встал, чтобы встретить незнакомку, и замер на месте. Это была Вероника Андреевна. Одетая в темно-синий бархатный костюм, она прошла мимо мужчин, обдав их сладкой волной своего парфюма.

— Здравствуйте! — коротко бросила она и подошла к Нелли, которая, увидев ее, поднялась со своего места.

Обе женщины обнялись и громко заплакали. Дронго понял, что задержать вдову Глушкова сотрудники ФСБ просто не посмели. Вероника Андреевна взяла свободный стул и села рядом с подругой, не обращая внимания на мужчин.

— Какой ужас! — сказала она с чувством. — В какой стране мы живем? Каждый день кого-то убивают. Уже стали убивать министров и вице-премьеров! И притом безнаказанно.

— Мы занимаемся расследованием, — робко возразил Потапов.

— Видим, как вы занимаетесь! — ядовито отчеканила Вероника Андреевна. — Осталось только, чтобы нас насиловали и убивали в собственных домах. Нас уже грабят и расстреливают даже в охраняемых поселках.

— Какой ужас, Вероника Андреевна, — простонала Нелли.

— Я тебя понимаю, — с чувством произнесла вдова Глушкова. — Завтра у нас похороны. Я приехала на дачу, чтобы еще раз просмотреть бумаги Федора Григорьевича, и услышала такую страшную весть. Я все бросила, чтобы тебя увидеть.

— Вы одна разбираете бумаги мужа? — вмешался Дронго.

— Нет. Приехал и его заместитель, и его секретарь Зоя Павловна. Она так переживает случившееся, даже говорить не может. Алла и Олег тоже здесь. Они хотели посмотреть бумаги своего отца, и я не смогла им отказать.

— А я ничего не знала о делах Миши, — призналась, всхлипывая, Нелли Лопатина.

— Вы закончили свои вопросы?

Земсков нервничал, ему не хотелось оставаться в комнате, где сидели две вдовы. Генералу хотелось как можно быстрее выйти на свежий воздух. Ему казалось, что оба преступления в Жуковке — это вызов лично ему. И ему хотелось действовать. Но Дронго упрямо сидел на стуле.

— У меня последние три вопроса, — сказал он.

Нелли Лопатина перестала плакать и удивленно взглянула на него. Похоже, ее насторожило упрямство эксперта. Вероника Андреевна подняла брови, но возражать не стала. Потапов, сидевший с краю с безнадежным видом, отмахнулся. Он еще раз подумал, что завтра напишет рапорт об отставке. Убийство Лопатина ему не простят, даже если произойдет невероятное и он найдет убийцу.

— Вчера вы говорили о монете, которую ваш муж подарил академику Глушкову на юбилей. Откуда вам было известно, что она очень ценная? Об этом сказал ваш супруг?

Вероника Андреевна перевела удивленный взгляд на подругу.

— Какая монета? — спросила она, недоумевая. — При чем тут монеты Федора Григорьевича?

— Мы говорили о подарке, который Миша сделал на юбилей Федору Григорьевичу в день его юбилея, — пояснила Нелли, вытирая слезы. — А о монете мне сказал Миша. Он подчеркнул, что она очень древняя и дорогая. Надеялся, что подарок понравится Федору Григорьевичу. Хотя Глушков потом звонил и говорил, что не может принять такой дорогой подарок. Но Миша настоял.

— Вы об этом знали? — поинтересовался Дронго у Вероники Андреевны.

— Впервые слышу, — призналась она, с удивлением взглянув на хозяйку дома, — но не вижу в этом ничего странного. Нравственные принципы Федора Григорьевича были всем известны. А монету я не помню. Вероятно, была такая, но вспомнить не могу.

— С кем больше дружил ваш супруг? — задал Дронго второй вопрос. — Кто чаще у вас бывал — Глушков-старший или его сын Олег?

Вероника Андреевна озабоченно посмотрела на Нелли и покачала головой:

— Тебе нужно быть осторожнее в своих высказываниях. Эти волкодавы запутают тебя и еще выставят виновной.

— Я дружу с Вероникой Андреевной, — отчеканила Нелли, — а мой супруг очень хорошо относился к ее покойному мужу и к его семье.

— Но с Олегом вы семейно встречались?

Нелли бросила настороженный взгляд на свою гостью и опустила голову.

— Иногда, — сказала она, — кажется, встречались.

— Последний вопрос. — Дронго видел, как нервничают все участники разговора. И женщины, и мужчины. Все напряженно ждали вопроса, словно он мог решить нечто очень важное. — Ваш муж встречался с детьми от первого брака?

— Что? — изумилась Нелли Лопатина, ожидавшая любого вопроса, но не этого.

— При чем тут дети от первого брака? — вспыхнула Вероника Андреевна. — Вы хотите сделать ей больно своими бестактными вопросами?

— Уходим, — поднялся Земсков. — Я больше не хочу присутствовать при этом спектакле.

— Вы не ответили на мой вопрос. — Дронго продолжал сидеть, глядя в глаза вдове погибшего.

— Он... они... он... — Она растерянно посмотрела на Веронику Андреевну, словно ища у нее поддержки.

— Конечно, встречался, — пришла ей на помощь более опытная Вероника Андреевна. — И было бы странно, если бы отец не хотел видеть своих детей. А ваши попытки как-то опорочить доброе имя Михаила Николаевича...

— Встречался или нет? — невежливо прервал монолог Вероники Андреевны Дронго, по-прежнему глядя в глаза Нелли Лопатиной. — Они здесь бывали?

— Он встречался с ними в Москве! — зло

крикнула она. — Что вам от меня нужно? Бывали ли они здесь... Какое это имеет отношение к его смерти?

— Спасибо, — кивнул Дронго, поднимаясь со стула. — У меня больше нет вопросов.

— Уходите! — неожиданно закричала Лопатина. — И никогда больше здесь не появляйтесь!

Дронго, а следом за ним и Потапов с Земсковым направились к выходу.

— Довели женщину до слез, — укоризненно сказал генерал Земсков. — Вы действительно садист. У нее мужа убили, можно сказать, на глазах, а вы лезете к ней с вопросами о его первой семье. Некрасиво, Дронго.

— «Можно сказать», — повторил Дронго слова генерала.

— Что? — спросил Земсков. — Опять не нравится? Думаете, она сама убила мужа? Спустилась вниз и застрелила? И Глушкова тоже? Или договорилась с Вероникой Андреевной, и они на пару убили своих мужей? Фантазия у вас буйная, только от этого никому не легче.

Земсков кивнул Потапову, и они двинулись дальше.

— Мне осталось задать лишь вопрос бывшей секретарше Федора Григорьевича, и тогда я смогу сказать, как были совершены оба преступления, — неожиданно заявил Дронго, глядя на спины уходящих.

Генералы остановились, переглянулись и повернулись к Дронго.

— Что вы сказали? — У Потапова дрогнул голос.

— Я знаю, как были совершены оба преступления, — ответил Дронго. — Мне остается только уточнить один факт у Зои Павловны, и вы можете собрать людей, чтобы я рассказал, что здесь произошло.

— Опять ваши сказки... — недовольно поморщился Земсков. — Вы хоть понимаете, какую ответственность на себя берете? Довели женщин до слез, издеваетесь над людьми. Я думаю, вам лучше покинуть территорию поселка.

— Соберите всех в одном месте, — настойчиво повторил Дронго. — И я расскажу вам, как были совершены оба преступления. Соберите, — снова повторил он.

— Хорошо, — Земсков взглянул на часы, — через полчаса соберемся в доме Романовских. Я думаю, Всеволод Витальевич будет рад услышать ваш рассказ. Если, конечно, его сын не стрелял в Лопатина. Я иду туда, мне еще нужно оформить протокол.

— Договорились.

Дронго зашагал к дому Глушкова. Потапов озабоченно посмотрел ему вслед.

— Он ненормальный, — сказал Земсков. — Уверен, что у него ничего не выйдет.

— Посмотрим, — пробормотал Потапов. — Иногда ему удается увидеть то, что недоступно другим.

Дронго подошел к дому Глушковых. Здесь дежурили двое охранников, в одном из которых он узнал Числова. Кивнув ему как старому знакомому, Дронго вошел в дом. Из кабинета слышались голоса. Поднявшись на второй этаж, он обнаружил здесь Аллу и Олега, просматривающих бумаги отца. Рядом с ними находилась пожилая, лет шестидесяти, женщина. Глаза ее были заплаканы. Очевидно, это была Зоя Павловна, секретарша Глушкова, догадался Дронго. Увидев вошедшего, Олег вздрогнул и выронил бумагу. Он смотрел на гостя с нарастающим ужасом.

— Здравствуйте, — раздался знакомый голос за спиной, и Дронго чуть посторонился. В кабинет вошел Борис Арсеньевич Туманян. — Приводим в порядок бумаги Федора Григорьевича, — грустно пояснил он.

— Вы что-нибудь выяснили? — спросила Алла.

— Почти все, — ответил Дронго, глядя на ее брата. — Я только хотел бы уточнить у Зои Павловны одну деталь. В день своей смерти Глушков утром приехал на работу. Вспомните, пожалуйста, не было ли у него с собой какого-то пакета или альбома?

— Нет, — сразу ответила Зоя Павловна.

— Вы в этом уверены?

— Абсолютно. Утром у него был семинар в институте, и он поехал туда, а уже потом приехал к нам. У него с собой ничего не было, иначе он бы передал вещи в приемную через водителя.

— Да, — подтвердил Туманян, — я встретил его внизу. У него ничего с собой не было.

— Ясно.

Дронго обратился к Олегу:

— Вы могли бы выйти со мной? — попросил он.

— Да, — кивнул Олег, — конечно.

Они спустились вниз.

— Ваша мачеха не возражала против вашего участия в осмотре кабинета отца? — спросил Дронго.

— Я сам удивляюсь, что Вероника нас пустила, — Олег выглядел озадаченным. — Мне казалось, что она вообще никого из нас не пустит в дом после смерти отца.

— Она достаточно умная женщина, — возразил Дронго. — Вы мне говорили, что у вас в последнее время были неприятности. Я могу узнать, какого характера?

— По работе, — чуть покраснел Олег, — это не имеет отношения к нашим делам.

— Вы поставляете продукты, — напомнил Дронго. — Проблемы возникли в связи с поставками? Отвечайте, пожалуйста, на мой вопрос. В тот день, когда ваш отец был убит, он несколько раз беседовал с вами по телефону, и я не уверен, что это было только дружеское общение отца с сыном.

— Не нужно так говорить, — попросил Олег. — Да, у нас были неприятности из-за того, что некоторые продукты оказались не лучшего качества.

— Что это значит?

— Поставки осуществлялись... с некоторыми нарушениями...

— Какого характера?

— Часть продуктов оказалась просрочена. А мясо не имело сертификата.

— И вашему отцу это не понравилось, — понял Дронго.

— Возможно. Но какое отношение это имеет к убийству?

Олег поправил дрожащей рукой очки. На верхней губе у него выступили капельки пота.

— Я думаю, вы знаете больше, чем говорите, —

убежденно заметил Дронго. — Через несколько минут я постараюсь рассказать все, что случилось в Жуковке за последние несколько дней.

Он сделал шаг в сторону двери.

— Подождите, — остановил его Олег. — Что вы хотите сказать? Думаете, что я организовал убийство своего отца?

— Нет, не думаю. Но у меня к вам есть еще один вопрос. И учтите: врать не стоит. Я могу проверить. Скажите, только откровенно, сегодня ночью вы беседовали с Лопатиным?

Олег молчал.

— Да или нет? Это ведь легко проверить, — напомнил Дронго.

— Два раза, — тихо ответил Олег. — Об этом вам рассказала Нелли?

— Нет. У меня больше нет вопросов.

Дронго вышел из дома. На пороге стоял Числов.

— Собирайте всех, — разрешил Дронго. — Я расскажу, что здесь произошло.

ГЛАВА 15

В доме Романовских собралось много народа. Земсков не разрешил пропускать никого из посторонних. Дом был оцеплен его сотрудниками.

Генералу не терпелось узнать, что скажет Дронго. Конечно, раскрытие обоих преступлений было для него очень важно. Но еще больше его интересовал сам эксперт. «Кто он? — думал Земсков. — Авантюрист? Гений? Ненормальный? Неужели он сумел за три дня раскрыть убийство Глушкова, а Лопатина — практически за день? Неужели он сумел сделать невозможное?»

Дронго вошел в комнату последним и оглядел присутствующих. Супруги Перельман разместились на диване, причем муж держал жену за руку, очевидно, чтобы хоть как-то успокоить. Рядом на стуле сидела Алина Перельман. В кресло усадили Нелли Лопатину. У нее были опухшие от слез глаза. В соседнем кресле устроилась Вероника Андреевна. Олег и Алла расположились у стола. Отец и сын Романовские устроились рядом на стульях с другой стороны стола. Земсков сел у двери, словно отсекая возможность любому из присутствующих покинуть комнату. Потапов занял стул рядом с ним. Все были готовы выслушать объяснения Дронго.

— Я понимаю, что все сказанное мною может показаться слишком невероятным и невозможным, — начал Дронго. — Но я хотел бы попросить всех вас набраться терпения и выслушать мои объяснения.

Он видел мрачное лицо Сергея Романовского, пережившего в этот день сильное потрясение. Видел напряженное выражение лица его отца. Заметил, как нервничает Алина Перельман. Он начал свой рассказ, стараясь не упустить ни одной подробности.

— Два дня назад, когда ко мне приехал генерал Потапов, я уже знал о смерти Федора Григорьевича Глушкова. О смерти академика и бывшего вице-премьера объявили все телевизионные каналы, правда, не уточняя причину смерти. Было ясно что смерть наступила внезапно.

Генерал Потапов подтвердил мои подозрения. Федор Григорьевич Глушков был убит — застрелен из достаточно редкого типа оружия — пистолета системы Бернарделли. Пистолет не нашли. Убитого академика обнаружили лежащим рядом с письменным столом. Обратите внимание: он был убит именно в кабинете. Если бы он захотел застрелиться, то зачем подниматься на второй этаж? Кроме того, он не оставил записки. И самое главное — рядом с ним не было пистолета.

— Не забудьте, — напомнил генерал Земсков, — когда убили Михаила Николаевича Лопатина, оружия мы тоже не нашли.

— Нет, я ничего не забыл. Но прошу вас выслушать мой рассказ до конца. Итак, Глушков убит, и оружие исчезло. Когда я сюда приехал, здесь уже не было ни тела убитого, ни явных следов преступления. Следователи ФСБ и прокуратуры успели все осмотреть и сфотографировать. Таким образом, с одной стороны, моя задача была гораздо труднее, чем обычно, так как я не видел тела жертвы и не смог осмотреть место преступления.

Но, с другой стороны, я не был связан никакими догматическими версиями и мог выдвигать самые невероятные предположения. Итак, начнем с убийства Глушкова. Как я уже сказал, он был застрелен из пистолета системы Бернарделли. Модель «П-18 компакт» — это усовершенствованный вариант этого пистолета военного образца с укороченным дулом. Пистолет очень мощный, о чем нам сказал сотрудник ФСБ. Он имеет самовзводный ударно-спусковой механизм. А спусковая скоба с упором для пальцев используется только в том случае, если стреляющий держит пистолет двумя руками. У меня сейчас нет с собой пистолета, но, я думаю, вы поверите мне на слово.

— Что вы хотите сказать? — не понял Всеволод Витальевич Романовский. — При чем тут марка пистолета?

— Это чрезвычайно редкая модель, — пояснил

Дронго. – Но теперь пистолет находится у нас, и мы можем делать более конкретные выводы. Убийца подошел к Глушкову почти вплотную и сделал один выстрел. Выстрел пришелся академику в сердце. Один выстрел, после которого Глушков погиб.

Я еще тогда подумал, что это был не обычный грабитель. Он бы не смог так близко подойти к жертве, тем более идти за Глушковым в кабинет. Федор Григорьевич был сильным мужчиной, и убийца побоялся бы к нему приблизиться, если, конечно, он собирался только ограбить академика. И наверняка убийца не стал бы стрелять, опасаясь, что выстрел может услышать охрана. Поверить в грабителя, который поднимается с хозяином дома на второй этаж, чтобы застрелить его там, подойдя почти вплотную, было крайне трудно.

– А если грабитель заставил Федора Григорьевича подняться наверх, угрожая оружием? – снова не выдержал Земсков.

– Возможно, – согласился Дронго, – но зачем грабителю подходить так близко к жертве? Глушков мог выхватить пистолет.

Земсков потупился и промолчал.

– Как видите, ваша версия не выдерживает проверки, – продолжал Дронго. – Но пойдем дальше, опираясь на факты. Итак, нужно было понять, кто и зачем хотел убить Глушкова. И здесь роковую роль сыграло его увлечение нумизматикой...

— Это был грабитель, — сказала Алла, — мы так и думали с самого начала.

— Это не был грабитель, — возразил Дронго. — Дело в том, что я проверил звонки вашего отца в тот роковой день. С работы и с дачи. Он говорил несколько раз с Олегом, вашим братом, дважды беседовал с Михаилом Николаевичем Лопатиным. Один раз позвонил академику Алексееву, известному юристу, по учебникам которого я тоже учился. Дело в том, что я лично знаю Алексеева. И я не постеснялся ему позвонить, чтобы узнать, о чем они говорили с академиком Глушковым в четверг. Так вот, вашего отца, Алла, очень интересовала одна специфическая статья, а именно двести первая статья нового Уголовного кодекса. Статья о злоупотреблениях служебным положением. Почему-то именно в этот день он звонил Алексееву по поводу этой статьи.

У нас было несколько версий. С одной стороны, Глушков был импозантным, красивым мужчиной, который мог нравиться женщинам. В соседних дачах жили две молодые и достаточно привлекательные женщины — Нелли Лопатина и Алина Перельман. Вполне могло быть, что Глушков был убит на почве ревности. Ведь Лопатин рассказал нам, что гулял вокруг дома со своей супругой. Я предположил, что он увел свою супругу из дома Глушкова и застрелил академика перед тем, как покинуть его дачу.

— Что вы говорите? — простонала Нелли Лопатина. — Вам мало того, что его убили?

— Прошу прощения. Это всего лишь одна из версий. Другая версия также имела право на существование. Например, Алина Перельман рассказала нам, что обнаружила убитого Глушкова. Но ведь она могла сказать неправду. Она могла увидеть его живым. Рассказывая о том, как она покинула дом, Алина сказала, что встретила своего отца. Возможно, она сказала правду. А возможно, что ее отец, возмущенный поведением соседа, отправился к нему выяснять отношения и застрелил его. Тогда было бы понятно, почему она нас обманула...

— У моего отца нет пистолета, — устало проговорила Алина. — И в его возрасте решиться на убийство невозможно.

— В моем возрасте можно сделать все что угодно, — прервал ее Перельман. — И если бы кто-нибудь обидел Алину, я вполне мог бы убить этого человека. Сил у меня еще хватает. Но я не убивал Федора Григорьевича, а он не обижал Алину. Как раз наоборот — они дружили.

— Мне тоже так кажется, — согласился Дронго. — Но убийцей мог быть и Всеволод Витальевич Романовский, который был в доме как раз перед вами. Он мог выстрелить в Глушкова из пистолета, подойдя к нему достаточно близко. А затем похитить его коллекцию монет.

— Вас дисквалифицируют, — мрачно предсказал старший Романовский. — А уж я позабочусь, чтобы вас никуда не взяли на работу.

— У вашего сына нашли пистолет, и мы могли бы согласиться на подобную версию, — продолжил Дронго. — Но на самом деле все было иначе. Ключом к разгадке стал разговор Глушкова с Алексеевым.

— Ну и что? — встрепенулась Алла. — Он мог звонить кому угодно. Какое это имеет отношение к его убийству?

— В этот день, уходя с работы, ваш отец сказал кому-то из позвонивших, что он поговорит с ним дома. То есть на даче. И когда он туда приехал, первым, кто ему позвонил, был ваш брат Олег.

Олег поправил очки и облизал пересохшие губы.

— Только не говорите, что я застрелил собственного отца!

— Скажу, — неожиданно произнес Дронго. Все вздрогнули.

— Что вы себе такое позволяете? — закричала Алла, бросаясь на защиту брата. — Вы не смеете такое даже подумать!

— Он не мог быть на даче, — сказал Потапов, — никак не мог. Мы все проверили.

— Его действительно не было на даче, — согласился Дронго. — Но именно ваш брат вольно или невольно спровоцировал смерть вашего отца. Дело в том, что фирма, которой руководил ваш брат, уже давно занималась поставками продуктов из Германии и Польши. Этот хорошо организованный бизнес был основан на оптовых закупках продуктов, срок годности которых истекал. Попадая в торговую сеть, эти продукты реализовывались гораздо позже указанных сроков, что, конечно, было небезопасно для покупателей. Разумеется, такое положение дел возмущало вашего отца. Он считал, что это махинации. Мне было нетрудно установить, что семья Лопатиных и семья Олега Глушкова дружили. Вчера это подтвердила Нелли Лопатина. Но я заметил, как не понравились ее слова мужу. Он перебил ее, когда она попыталась рассказать об этом более подробно. Однако Лопатин успел сообщить мне, что считал себя обязанным Федору Григорьевичу, который рекомендовал его на работу в Таможенный комитет — сначала заместителем, а затем и руководителем.

Дронго оглядел собравшихся.

— Лопатин покрывал махинации сына своего благодетеля, — безжалостно продолжал Дронго. — Именно поэтому он дважды звонил в тот день Глушкову, пытаясь объясниться. И наконец, решил сам прийти к Федору Григорьевичу, чтобы, что называется, поставить точки над i. Он и был зафиксирован на пленке, когда подходил к дому Глушкова. Дело в том, что после него в доме побывали Романовский и Алина. Всеволод Витальевич не стал подниматься в кабинет и не мог знать в тот момент, был ли убит Глушков. Но Алина поднялась и обнаружила труп.

Все посмотрели на Алину. Она сидела бледная, не шевелясь.

— Лопатин уверял нас, что в тот день гулял около дома. А его жена обмолвилась, что они почти никогда не гуляли вместе. Но именно в этот вечер, вернувшись, Лопатин решил прогуляться с женой, обеспечивая себе алиби.

Я с самого начала не верил ни в случайных грабителей, ни в неизвестных преступников. Отчитав сына за махинации с поставками продуктов, Глушков, очевидно, вызвал к себе Лопатина. Ему было неприятно, что его бывший выдвиженец покрывает его сына. К тому же он помнил об очень дорогой монете, подаренной ему на юбилей. Глушков был умным человеком и опытным нумизматом, чтобы не понимать истинной стоимости такого подарка.

Лопатин не стал скрывать, что дважды говорил в роковой день с академиком Глушковым. Когда вчера утром мы встретились на лестнице, я обратил внимание на слова, сказанные Лопатиным о Глушкове. Первое слово, которое он произнес, характеризуя Федора Григорьевича, было «смелый». Я намеренно сказал ему о пленке, на которой была зафиксирована его фигура, и заметил, что он начал нервничать.

Когда мы были в доме Лопатиных, хозяин всячески старался помешать допросу своей жены. Он все время перебивал ее, особенно когда она попыталась рассказать об их дружбе с семьей сына Глушковых. Итак, Лопатин пришел к Федору Григорьевичу со своим пистолетом. Очевидно, между ними произошел серьезный разговор. Допускаю, что Лопатин не хотел стрелять в академика. Я даже думаю, он угрожал, что застрелится сам. И Глушков попытался отнять у него пистолет. Наверняка Федор Григорьевич предложил Лопатину подать в отставку. Тот принес пистолет, чтобы показать свою решимость застрелиться, чем надеялся несколько смягчить своего наставника. О махинациях в Таможенном комитете было уже широко известно, и Глушков не стал бы покрывать своего выдвиженца. А незарегистрированный пистолет мог быть только у председателя Таможенного комитета, которому могли подарить такую «игрушку».

Глушкову не понравился этот «спектакль», и он, видимо, попытался отнять пистолет у соседа. Для Лопатина же весь смысл жизни заключался в карьере и в благах, которые она приносила. Обеспеченная жизнь, дорогие напитки, машина, стоившая больше, чем его зарплата за сто лет безупречной работы, молодая жена, выигравшая конкурс красоты, баснословной стоимости подарки, которые он мог делать... В то же время он не находил свободного часа для встреч с собственными детьми от первого брака. Согласитесь, это не говорит в пользу Лопатина.

— Хватит! — закричала Нелли Лопатина. — Перестаньте говорить о нем в таком тоне!

— Продолжайте, — неожиданно сурово потребовал Земсков, и Лопатина, оглянувшись на него, замолчала.

— Очевидно, Лопатин достал пистолет, чтобы показать свою решимость Глушкову. Он вообще был немного позером. Мы уже никогда не узнаем всех подробностей этой страшной сцены. Наверное, Глушков хотел отнять пистолет, мне хочется думать именно так. Но пистолет неожиданно выстрелил, и Глушков упал мертвым. Испуганный Лопатин, покинув дом Глушкова, прибежал к себе и потребовал, чтобы жена вышла с ним погулять. Обратите внимание, что его супруга призналась в том, что раньше они почти никогда не гуляли. А в тот вечер именно он настоял на такой прогулке, так как был потрясен роковой встречей с Глушковым. Пистолет он спрятал недалеко от дома и до сегодняшнего дня его не доставал. На пистолете были обнаружены комочки мокрой земли, а вчера, когда мы уезжали из поселка, прошел небольшой дождь.

— Теперь вы готовы оболгать и погибшего Михаила Николаевича, — возмущенно произнесла Вероника Андреевна. — Он вам уже не может ответить, и вы готовы выдумывать все что угодно.

— Это не выдумки, — грустно ответил Дронго. — Вчера вечером мы были у Лопатиных и задали им несколько вопросов. По-моему, Михаил Николаевич понял, что рано или поздно я догадаюсь, как произошло преступление. Достаточно было проверить телефонные звонки. За два последних месяца Глушков и Лопатин не разговаривали ни разу. А в день убийства — сразу два раза. К тому же несколько разговоров Федора Григорьевича с сыном ясно указывали, чем был озабочен Глушков в день своей смерти. И наконец, его звонок Алексееву. Очевидно, затем Федор Григорьевич объяснил Лопатину, что такое «злоупотребление служебным положением».

Лопатин не спал всю ночь и понял, что от позора его может спасти только самоубийство. Он вышел из дома, отыскал пистолет, вернулся и принял трудное решение. Приставив к сердцу оружие, он с трудом нажал курок. Выстрел услышала его жена. Она спустилась вниз и увидела лежащего на полу мужа. Я думаю, Нелли Лопатина сразу поняла, что произошло. Более того, я полагаю, что, когда в четверг ее муж неожиданно настоял на прогулке вокруг дома, она также все поняла. Женщины часто чувствуют острее мужчин. Во всяком случае, на следующий день она должна была обо всем догадаться. Ведь, по ее словам, раньше они с мужем никогда не гуляли по этой аллее. Ни разу в жизни, если не считать рокового четверга, когда ему нужно было обеспечить себе алиби.

Лопатина взглянула на Дронго ненавидящими глазами, но возразить не посмела. И он продолжал:

— Нелли Лопатина вдруг поняла, что все может потерять: ведь ее мужа могут обвинить в убийстве академика Глушкова. Схватив пистолет и завернув его в полотенце, она бросает оружие в кусты рядом с домом Романовских, где его и находит Романовский-младший. Обратите внимание: на полотенце остались следы от оружия. Зачем Лопатину заворачивать оружие в полотенце, если он решил застрелиться? Вот, собственно, и вся история. Самоубийство Лопатина неопровержимо доказывает его вину. Возможно, он даже оставил записку с объяснениями своего поступка, но его молодая супруга решила уничтожить и записку.

— Врете! — вдруг закричала Нелли. — Никакой записки не было. Я не хотела... не хотела его позора... — Она разрыдалась. Потапов поспешил за водой. Все были потрясены. Когда Потапов принес ей стакан воды, она залпом ее выпила, словно опасаясь, что стакан отнимут.

— Где у вас доказательства? — вмешалась Вероника Андреевна. — Это все голословные утверждения. И полотенце еще не доказательство.

— Может быть, — согласился Дронго, — только, рассказывая о смерти мужа, Нелли Лопатина упустила одну деталь. Ее супруг ночью несколько раз звонил Олегу Глушкову, но она почему-то об этом умолчала. В момент убийства Лопатин был в трусах и майке. Согласитесь, он вряд ли мог принимать в таком виде гостей или гостя, открывая ему дверь. А потрясенная его смертью супруга не догадалась надеть на него брюки. И, наконец, самое главное доказательство. Когда вчера мы были у Лопатиных, мы слышали ее шаги только на лестнице. Со второго этажа шаги не были слышны. А рассказывая сегодня о якобы совершенном убийстве, она поведала нам, что слышала шаги убегавшего убийцы. Она не могла их слышать из спальни, это невозможно.

Нелли закрыла лицо руками и снова зарыдала. Все потрясенно молчали.

— А монеты? — неожиданно спросил Романовский-старший.

Он был настоящим нумизматом и коллекционером. Поэтому, кроме судьбы сына, убийства Глушкова и самоубийства Лопатина, его интересовали и пропавшие монеты.

— С монетами легче, — сказал Дронго. — Дело в том, что Федор Григорьевич держал их обычно дома, в сейфе. И привозил на дачу лишь в исключительных случаях. Вы сами мне об этом говорили. Его жена показала, что в тот день утром он взял два альбома с собой. Но она не знала, что в тот день у Глушкова был семинар в институте, и сначала он поехал туда, а потом на работу. Когда он приехал, его встречал внизу Туманян, который обратил бы внимание, что в руках у академика были альбомы. Да и секретарь Глушкова, Зоя Павловна, тоже помнит, что их не было.

— Вы верите им больше, чем мне? — гневно спросила Вероника Андреевна.

— Нет, — сказал Дронго, — но есть один нюанс, на который вы не обратили внимание. Вы в тот день были заняты, а ваш супруг приезжал днем домой обедать. Даже если я соглашусь с вами, что утром он забрал альбомы с собой, почему вы были так уверены, что днем он не вернул их на место? Ведь вас не было дома, когда он приезжал обедать. И наконец, самое важное. Когда вам сообщили о его смерти и вы приехали на дачу, то сразу заявили, что пропали самые ценные альбомы. Почему вы были так уверены, что они находятся на даче? Ведь он мог привезти их домой. Вывод напрашивается однозначный. Узнав о смерти супруга, вы прежде всего спрятали два его альбома с самыми ценными монетами. Ведь они стоили целое состояние. Очевидно, ваша подруга Нелли Лопатина рассказала вам, какова стоимость золотой монеты Пергамского царства. И вы поняли, что коллекция мужа — это самое ценное, что у него есть. Это была ваша страховка на случай посягательства детей Федора Григорьевича. И только затем вы появились на даче в роли безутешной вдовы.

— Я не хочу вас слушать! Вы мерзавец!.. Мерзавец!.. — Она вскочила.

— Именно поэтому вы разрешили детям Глушкова разобрать бумаги в кабинете отца, — убежденно сказал Дронго. — Вы ведь точно знали, что самое ценное они не найдут. Но это был ваш просчет. Любой человек, который хоть немного вас знает, никогда не поверит в ваш альтруизм. Вы решили подстраховаться и этим невольно выдали себя.

— Заткнитесь! — закричала Вероника Андреевна, чуть не задохнувшись от гнева.

Затем, поднявшись, она молча вышла из комнаты.

В наступившей тишине Алла, слегка отстранившись от брата, вдруг сказала:

— Я теперь уже ничему не удивляюсь. Она вполне могла сделать такую гадость. Тем более что кражу монет можно было списать на убийцу.

— Вот и все, — сказал Дронго, усаживаясь на свободный стул. — Лопатин случайно застрелил Глушкова, а затем, уверенный, что разоблачения не избежать, застрелился сам. Из того же пистолета. Поверить в фантастическую версию, что преступник, который ходит по дачам, стреляя из одного и того же пистолета, а затем теряет его в кустах, невозможно. К тому же в момент смерти Лопатина его супруга была дома. Да и охрана не пропустила бы неизвестного.

Наступило молчание. Олег снял очки, часто

заморгал и закусил губы, чтобы сдержать слезы. Потапов мрачно смотрел на Дронго. Он не знал, как реагировать на все сказанное. С одной стороны, Дронго сдержал слово и раскрыл преступления. Но, с другой стороны, все выглядело слишком невероятно и очень опасно. Председатель Таможенного комитета стреляет в бывшего вице-премьера, а затем совершает самоубийство. При этом его супруга пытается спрятать пистолет, а супруга бывшего вице-премьера — его монеты. За подобное разоблачение можно лишиться собственных генеральских погон.

Земсков тоже сидел молча. Он понимал, что этот скандал не должен стать достоянием журналистов.

— Вы рассказали нам страшную историю, — вдруг сказал Абрам Моисеевич Перельман. — Я всегда был уверен, что большие деньги, неправедные доходы портят людей, калечат их, делают несчастными. Но чтобы до такой степени!.. Чтобы Лопатин мог устроить такое... Или Вероника Андреевна. Она ведь понимала, что содержимое коллекции должно быть поделено между ею и детьми покойного. Я еще как-то могу понять Нелли Лопатину. Ей хотелось избежать позора. Но остальные... Это как диагноз нашему обществу. Окончательный диагноз.

— Деньги, — задумчиво произнес Дронго. — Знаете, что я вам скажу... Деньги — одна из самых важных составляющих в жизни человека. Это как талоны на жизнь. Но не более того. Они не дают гарантии счастья. Никому и никогда... Деньги не могут быть талонами на счастье. Это я понял уже давно.

— Да, — согласился Перельман, — и самое печальное, что многие никогда не поймут столь простой истины. До конца жизни.

Взглянув на жену, он сжал ей руку. Она улыбнулась ему в ответ. Алла посмотрела на младшего брата и, вдруг обняв его, громко разрыдалась.

— Господи! — прошептала Алина, глядя, как Нелли Лопатина поднимается со стула, чтобы уйти. — Они все одинаковые!

Лопатина вышла из дома, громко хлопнув дверью. Земсков поднялся.

— Я все понял, — твердо сказал он. — Лопатин, показывая свой новый пистолет Глушкову, случайно выстрелил и попал в академика. А потом застрелился сам из-за угрызений совести. Верно?

— В общем, да, — согласился Дронго.

— Так мы и доложим, — решил Земсков. Он с любопытством взглянул на Дронго. — Вы все-таки необычный человек, — добавил он. — У вас мозги работают иначе, чем у других. — Это была высшая похвала в его устах.

— Они одинаковые, — снова горестно повторила Алина Перельман, имея в виду двух женщин, покинувших комнату.

— У обеих покойные были третьими мужьями, — печально напомнил Дронго. — Когда так долго ищешь, хочется любыми способами сохранить обретенное счастье. Виноваты не только они. Сама атмосфера безнравственности, царившая в вашем поселке, вынудила их пойти на такой обман. Одна спрятала монеты мужа, другая выбросила пистолет, чтобы спасти его от позора. Обе думали о своем будущем больше, чем о репутации собственных мужей. Нужно понять, что они переживали, понять анатомию их поступков.

— Понять — значит простить, — ответил Перельман. — А мне иногда кажется, что в наше время мы вообще перестали понимать, что происходит в нашей стране.

Дронго взглянул на Потапова.

— Я закончил, — сказал он. — Вы можете доложить президенту обо всем, что здесь произошло. И удовлетворить любопытство газетчиков.

— Нет! — ответил Потапов. — Теперь я должен придумать новую версию для журналистов. Мы никогда не сможем рассказать им всей правды. Никогда!

— До свидания, — сказал Дронго, вставая. — Я закончил все свои дела.

— Подождите! — неожиданно остановил его Олег Глушков.

Он поднялся, надел очки и с какой-то отчаянной решимостью, обращаясь к Потапову, вдруг сказал:

— Все так и было. Все было именно так, как рассказал нам господин Дронго. Сегодня утром мне позвонил Лопатин и все рассказал. Это был случайный выстрел. Он не хотел... Он пытался доказать отцу, что готов даже застрелиться, чтобы избежать позора. Но отец ему не поверил.

— До свидания, — снова попрощался Дронго.

Он вышел на улицу и увидел, что небо затянуто тучами. «Кажется, скоро начнется дождь», — подумал Дронго. А про машину, которая доставила бы его в город, они и не вспомнят. Возвращаться в дом не хотелось. И, подняв воротник, он зашагал к воротам.

СМЕРТЬ НАД АТЛАНТИКОЙ

Рассказ

Сомнение доставляет мне не меньшее наслаждение, чем знание.

Данте Алигьери

ЗНАКОМСТВО

Больше всего на свете люди, плохо переносящие самолеты, не любят перелеты над Атлантикой и Тихим океаном. Это испытание не для слабонервных, когда в иллюминаторе часами видна лишь бесконечная водная гладь, словно вся суша, как во времена Великого потопа, поглощена водной стихией. На поверхности Тихого океана могли бы разместиться все континенты, включая Антарктиду, и сама мысль о масштабах самого большого океана на Земле делает любое такое путешествие труднопереносимым.

Он никогда раньше не летал над Тихим океаном и не собирался делать этого впредь. Для этого нужно было оказаться в Австралии или на каком-нибудь острове Полинезии. И хотя в душе он был заядлым путешественником, при одной мысли о подобном маршруте у него портилось настроение, и он твердо знал, что не решится на такой перелет. Может быть, поэтому он никогда не бывал ни в Австралии, ни в Антарктиде, ни на тихоокеанских островах. Во всех остальных частях света Дронго бывал, и не по одному разу.

Уже в зрелом возрасте он вспоминал некоторые свои поездки. Как отчаянно он рисковал, например, пользуясь грузовыми самолетами, чтобы вылететь из Анголы или Афганистана. Однажды он совершал путешествие в Калькутту по маршруту Москва – Ташкент – Карачи – Калькутта. Самолет, летевший дальше во Вьетнам, был забит вьетнамцами и их огромными тюками, коробками и ящиками. Это было в октябре девяносто первого.

В общем, если вспомнить, что несколько раз он попадал в разные авиапроисшествия, а дважды самолеты, в которых он летал, загорались, то можно считать, что ему необычайно везло. И тем не менее он ненавидел летать, хотя вынужден был делать это по тридцать-сорок раз в год.

На этот раз вместе с Джил они вылетали в Нью-Йорк рейсом 115 британской авиакомпании на самом большом в мире авиалайнере — «Боинге-747». Самолеты подобного класса можно назвать воздушными «Титаниками». Они могли иметь на борту четырнадцать мест первого класса, примерно семьдесят — бизнес-класса и более трехсот — туристического. При этом они имели не два уровня, как большинство авиалайнеров, перелетавших с одного континента на другой, а три. Двадцать мест бизнес-класса размещались на третьем уровне — в своеобразном выступе за кабиной пилотов.

Соответственно салон первого класса был под кабиной пилотов, что обеспечивало пассажирам поразительный обзор. Дронго редко летал первым классом. Он считал, что летать в подобных условиях могут позволить себе лишь люди большого достатка, звезды шоу-бизнеса и актеры Голливуда. Однако Джил получила приглашение от кузины из Нью-Йорка, а вместе с ним — два билета первого класса. Отказаться было нельзя, лететь другим рейсом — глупо. Вот почему Дронго со вздохом согласился прилететь в Лондон, чтобы встретиться там с Джил, а затем вместе с ней вылететь в Нью-Йорк.

Салон для пассажиров первого класса в четвертом терминале Хитроу находился довольно далеко от места посадки. К счастью, у них было время, поэтому, расположившись на диванах, Дронго и Джил заказали себе апельсиновый сок. Дронго с удивлением замечал, что его вкусы часто совпадают со вкусами Джил. С одной стороны, это было приятно, а с другой, он пугался подобного «единомыслия», понимая, как трудно ему будет каждый раз расставаться с ней.

Привыкший к одиночеству, он не мыслил себе иной жизни, иногда справедливо порицая себя за эгоизм. Но Джил за последние несколько лет привыкла к его образу жизни, его привычкам и странностям. И прощала их, как может прощать только любящая женщина.

Сегодня Джил была в темном брючном костюме, выгодно подчеркивающем ее стройную фигуру. Дронго читал газету, когда услышал громкий голос вошедшего в зал ожидания незнакомца:

— Все-таки мы успели! Входи быстрее, Луиза, иначе мы не сумеем отдохнуть перед полетом.

Незнакомец был необъятных размеров. Взглянув на Дронго, он прошел к стойке дежурной и предъявил билеты. С ним была женщина лет сорока, обычного телосложения, но рядом с толстяком она выглядела миниатюрной. У женщины была роскошная стеганая сумочка от Шанель. На ней был светлый костюм с логотипом той же фирмы. Женщина улыбнулась и прошла в зал.

— Мистер Фредерик Кремер, — громко сообщил толстяк, — а это моя супруга Луиза. Мы летим в Нью-Йорк: мне наконец удалось уговорить ее совершить это путешествие.

— Ваша супруга никогда не бывала в Америке? — улыбнулась дежурная, сидевшая за стойкой в красноватом цветастом платье — униформе стюардесс «Бритиш Эйруэйз».

— Никогда! — подтвердил, широко улыбаясь, Кремер. — Она боится перелетов через океан, и мне удалось уговорить ее только теперь. Наша дочь выходит замуж, и мы летим к ней на свадьбу.

— Поздравляю вас, герр Кремер, — улыбнулась дежурная, возвращая пассажиру паспорта и билеты. — Мы пригласим вас на посадку.

— Надеюсь, — рассмеялся Кремер. По-английски он говорил с австрийским акцентом. Дронго заметил инициалы знаменитого австрийского банка на портфеле Кремера: «Кредитанштальт Банкферайн».

Они прошли в глубь зала, после чего почти сразу в зал вошел невысокий мужчина с характерным разрезом азиатских глаз. Для непосвященных все азиаты одинаковы. На самом деле корейца от китайца или японца отличить довольно легко, если, конечно, вы прожили какое-то время в Азии. Дронго родился в Баку и много раз бывал в странах азиатского региона. Более того, на юридическом факультете с ним учились студенты из Вьетнама и Лаоса. Именно тогда он обратил внимание на различия между внешне похожими друг на друга азиатами.

— Господин Ким Гван Су? — спросила, улыбаясь, дежурная, взглянув на его паспорт. — Вы гражданин Америки?

— Да, — кивнул пассажир, — и мне не нужна виза. Вы ведь хотели спросить меня о визе?

— Нет, — ответила дежурная. — Все в порядке. Можете пройти в зал. Мы пригласим вас на посадку.

Кореец держал в руках темный портфель для ноутбука. Строго кивнув дежурной, он прошел к столу, чтобы посмотреть последние сообщения на своем компьютере.

Дронго попытался продолжить чтение, когда в салон вошла женщина лет тридцати пяти в темно-бордовом платье. Черные волосы, большие глаза, чувственные скулы. Оглянувшись, женщина посмотрела на Дронго. Он сидел, положив ногу на ногу, и поэтому невозможно было не заметить его дорогую обувь. Уже много лет он отдавал предпочтение товару одной и той же фирмы — «Балли». Хотя Дронго сидел, вошедшая отметила его высокий рост — рост баскетболиста, умные насмешливые глаза, тонкие губы и явно намечающуюся лысину. Она оценила его элегантный костюм от Валентино и улыбнулась ему. Он тоже улыбнулся незнакомке, но заметил, как нахмурилась Джил. Подойдя к нему, она тихо сказала:

— Я, конечно, не ревную, но, надеюсь, ты не будешь смотреть на эту красотку во время полета.

— Кажется, ты ревнуешь? — улыбнулся Дронго.

— Мерседес Бонилья, — громко произнесла женщина, вновь оглядываясь на Дронго.

Было непонятно, кому было адресовано сказанное: Дронго или дежурной за стойкой.

— Очень приятно, сеньора Бонилья. Вы из Мексики?

— Си. Мехико-Сити.

— Будете делать пересадку в Нью-Йорке?

— Нет, я останусь в городе на несколько дней.

Сеньора Бонилья снова посмотрела на Дронго, и насмешливая улыбка тронула ее губы. Она заметила, как Дронго и Джил обменялись репликами, и поняла, что сидевшая рядом с Дронго молодая женщина не приходится ему дочерью.

«Интересная будет компания», — подумал Дронго.

Обычно в салонах первого класса бывает мало

пассажиров. Сказывается и оглушительная цена на билеты, и возможности пассажиров такого уровня. Они летают в Нью-Йорк на «Конкордах» или заказывают индивидуальные самолеты.

— О чем ты задумался? — поинтересовалась Джил. — Жалеешь, что летишь вместе со мной? Мне кажется, эта жгучая мексиканка готова с удовольствием провести время в полете именно с тобой. Или мне только показалось?

— Я от страха становлюсь во время полетов импотентом, — полушутя пробормотал Дронго, — и ты об этом прекрасно знаешь. Ненавижу летать, тем более через океан.

— Сколько раз ты делал такие перелеты? — лукаво спросила Джил.

— Через Тихий океан — впервые, — вздохнул он. — А вообще летал очень много раз. Лучше не вспоминать.

В этот момент дверь открылась, и в комнату вошли еще двое. Им было лет по пятьдесят. На мужчине был роскошный черный костюм. Одного взгляда было достаточно, чтобы понять, какой фирмой он был сшит. В его покрое угадывался стиль Клода Бонуччи. Женщина была в красивом изумрудно-голубом платье от Дольче-Габбана, с сумкой и в обуви от Сальваторе Феррагамо. И хотя пик славы Феррагамо пришелся на послевоенные годы, во всем мире ценилось изящество линий кожаных изделий этой фирмы.

Из сумки, которую держала женщина, выглядывала симпатичная мордочка черного королевского пуделя. Любопытные черные глазки остановились на Дронго. Он улыбнулся собаке.

— Наши паспорта и билеты, — негромко произнес мужчина.

— Мистер и миссис Стритон, — прочитала дежурная. — У вас есть разрешение на ввоз собаки в Америку? Вам известно о карантине?

— Конечно, — усмехнулся Стритон. — Вот документы о прививках. Вот разрешение ветеринарной службы. Паспорт собаки. Мы уже дважды путешествовали из Европы в Америку и обратно. И она все время была с нами.

— Вы хотите взять ее в салон? — уточнила дежурная. — Наши правила...

— Не для пассажиров первого класса, — закончил за нее фразу Стритон и улыбнулся.

— Вы должны были получить специальное разрешение, — все еще сомневалась дежурная.

У нее было типичное лицо англичанки — слегка удлиненное, с тяжеловатой челюстью.

— У нас есть разрешение, — вступила в разговор миссис Стритон. — Вот оно, дорогой. — Достав разрешение, она протянула его дежурной.

— Садитесь, — указала им дежурная на стоявшие в зале столики. — Мы скоро пригласим вас на посадку.

Стритон, согласно кивнув, направился к соседнему с Дронго дивану. Его супруга прошла следом, неся пуделя. Дронго еще раз подмигнул забавной собачке.

В этот момент в зале появилась еще одна пара. Молодые люди, которым не было и тридцати, вошли в салон, чуть испуганно озираясь. Молодая женщина была рыжеволосой, со смешными веснушками на лице. На ней были джинсы и светлая куртка. Парень был высокого роста, с красивыми каштановыми волосами, уложенными с помощью геля. Чувственные, чуть синеватые губы, красивое породистое лицо, какое обычно бывает у моделей, снимающихся для глянцевых журналов. И темные круги под глазами, какие бывают у людей с больными почками.

— Извините, — у дежурной был достаточно наметанный взгляд, чтобы отличить пассажиров первого класса от обычных. — Этот зал для пассажиров первого класса. У вас билеты в первый класс?

— Да, — гордо ответил молодой человек, протягивая билеты.

В руках он держал темную сумку, у его подруги была такая же.

— Извините, мистер Нилсон, — кивнула дежурная, улыбаясь пассажирам. — А это миссис Нилсон?

— Да... Нет... Да, — молодая женщина испуганно взглянула на спутника.

— Мы еще не успели пожениться, — криво усмехнулся молодой человек, — поэтому по паспорту она пока мисс Мелани Кэлсорп. Но летим мы вместе.

— Вы граждане Великобритании? — уточнила дежурная.

— В наших паспортах все указано, — ответил Нилсон. — Я — Самюэль Нилсон, а это моя будущая жена.

Он двигал челюстью, очевидно, перекатывая во рту жвачку.

— Садитесь, мистер Нилсон.

На дежурную не произвела впечатления его актерская внешность.

— У нас все, — позвонила кому-то дежурная. — Десять человек на сегодняшний рейс. Больше обычного. Да, спасибо. Через две минуты я приглашу их на посадку.

«Какая интересная компания, — еще раз подумал Дронго. — Австрийцы Кремеры, кореец, мексиканка, англичане — Нилсон и его подружка Мелани, семейная пара американцев и мы с Джил. Маленький срез всемирной цивилизации».

— Мы приглашаем вас на посадку, господа, — объявила дежурная, привычно улыбаясь, и Дронго, убрав газету, поднялся с дивана.

ВЗЛЕТ. КРАЖА

Пассажиры первого класса входили в самолет через первый проход, расположенный рядом с кабиной пилотов. Кремер с трудом протиснулся между ограждением и тележкой со свежими газетами. Пропустив вперед супругу, взял несколько газет. Дронго, шедший следом за ним, тоже взял несколько газет и, пропустив первой Джил, вошел в салон. Следом за ними прошли Нилсон и его спутница.

В салоне первого класса пять кресел располагались одно за другим на одной стороне самолета и пять — на другой. Две пары кресел находились в глубине салона, в четвертом и пятом рядах.

Именно эти две пары кресел были предназначены Дронго и Джил — в четвертом ряду и супругам Кремер — в пятом. Остальные пассажиры заняли более удобные места по краям салона, ближе к иллюминаторам. Слева в первом и втором рядах разместились супруги Стритон. Миссис Стритон поставила рядом с собой сумку с пуделем. Было видно, что ему приятно и спокойно рядом с хозяйкой. В пятом ряду слева разместился кореец. С правой стороны в первом и втором рядах оказались Нилсон и его подружка, а за ними — сеньора Бонилья. Довольная соседством с Дронго, она весело подмигнула ему.

Места первого класса в самолетах «Бритиш Эйруэйз» устроены таким образом, что легко превращаются в удобные кресла-кровати. Каждому пассажиру предлагается меню и превосходная карта вин. Рядом с каждым креслом установлены телевизоры, пассажир может смотреть выбранный им кинофильм. Наконец, пассажирам выдают одеяла, легкую пижаму для сна, тапочки и необходимые аксессуары для утреннего и вечернего туалета.

В салоне два стюарда начали разносить меню, шампанское и соки. Дронго, удобно устроившись в кресле, подумал, что здесь ему будет лучше всего. Отсюда через иллюминаторы не видна безбрежная водная гладь. Откинувшись в кресле, он сжал руку Джил.

— Почему на тебя так действуют перелеты? — недоуменно спросила она.

— На всех нормальных людей самолеты действуют плохо, — пробормотал Дронго. — Это единственная ситуация, когда я чувствую себя абсолютно беспомощным. Хотя и понимаю, что в автомобилях ездить гораздо опаснее, чем летать на самолетах. И вообще жить опасно...

Сеньора Бонилья, услышав последнюю фразу, усмехнулась. Она уже выпила бокал шампанского, и теперь у нее было хорошее настроение. Ее юбка слегка приподнялась, обнажив полные колени. Она еще раз посмотрела в сторону Дронго.

— Кто пускает сюда таких вульгарных особ? — прошептала Джил. — Непонятно, на какие деньги она путешествует...

— Ты посмотри на ее кольцо, — тихо возразил Дронго. — Это настоящий Пьяже. И часы той же фирмы. А шарфик и очки у нее от Корлофф. Его аксессуары сейчас очень модны и стоят очень дорого.

— Откуда ты знаешь дамскую моду? — изумилась Джил. — Или ты читаешь женские журналы?

— Конечно, читаю, — без тени смущения ответил Дронго. — Чтобы правильно идентифицировать человека, мне нужно знать о нем многое — во что одет, какие украшения носит, какую обувь любит. Детали всегда очень важны, они характеризуют человека гораздо больше, чем его слова.

— В любом случае тебе не обязательно смотреть в сторону этой вульгарной дамы, — рассмеялась Джил. — И вообще, если бы я не была столь уверена в тебе, я бы попросила тебя поменяться со мной местами.

— Это было бы признаком слабости, — возразил Дронго.

— С чьей стороны? — не поняла она.

— С твоей, — улыбнулся он. — Наша соседка сразу бы поняла, что ты ревнуешь.

— Это ты говоришь специально, чтобы я с тобой не менялась, — засмеялась Джил.

Самолет набирал высоту. Дронго закрыл глаза и снова откинулся на спинку кресла. Через десять минут высота была набрана, пассажиры задвигались, Джил тоже поднялась со своего места.

— Пойду в туалет, — сказала она. — Надеюсь, тебя можно оставить одного?

Она вышла из салона. Сеньора Бонилья снова

подмигнула Дронго. Ей нравилось дразнить этого интересного мужчину, рядом с которым его спутница выглядела совсем юной.

— Ты внес в декларацию все наши вещи? — услышал Дронго голос Луизы Кремер за спиной.

— Конечно, внес. Все в порядке.

— И мои украшения — тоже?

— Почему ты меня об этом спрашиваешь? — раздраженно спросил муж.

— Ты ведь сам говорил...

— Хватит. Поговорим, когда прилетим. Неужели ты не понимаешь, что никого не интересуют твои страхи?

— Я думала...

— Мне безразлично, что ты думала, — Кремер явно нервничал. — И хватит суетиться. Я не понимаю, почему ты завелась. Ничего страшного не случится. Посмотри на нашу соседку. Она вся в бриллиантах, на ней золотые часы, которые стоят несколько десятков тысяч долларов. Или посмотри на американку, которая сидит впереди. На этой женщине столько всяких украшений. И перестань нервничать. Мы имеем право провозить все, что считаем нужным. Мы не делаем ничего незаконного.

Дронго закрыл глаза. Супруги шептались еще несколько минут, даже после того, как вернулась Джил. Она недоуменно оглянулась на них.

— Кажется, они о чем-то спорят, — заметила она.

— Вот видишь, чем кончается обычная семейная жизнь, — пошутил Дронго.

— Я все поняла, — она улыбнулась.

Стюарды начали собирать меню, в которых пассажиры отметили, что хотели бы заказать. Дронго, выросший на берегу моря, почему-то больше любил мясо, чем рыбу. Однако на этот раз он решил солидаризироваться с Джил и заказал для себя крабов и омаров в вине.

Стюарды принесли легкие закуски и поставили на столики перед пассажирами. Дронго обратил внимание, как изумленно, с восторгом оглядываются по сторонам Нилсон и его подруга. Очевидно, они впервые летели в салоне столь высокого класса. Каждый приход стюарда вызывал у молодой женщины негромкое восклицание, словно она попала в музей на ознакомительную экскурсию на тему о том, как живут миллионеры во время своих перелетов из Англии в Америку.

Командир корабля объявил, что ожидается

хорошая погода и лишь у побережья Америки возможна небольшая турбулентность. Он сообщил, что они рассчитывают приземлиться в аэропорту Кеннеди в половине седьмого вечера. Дронго обратил внимание, что кореец вернулся из туалета переодетым в выданную пижаму. Раскрыв кресло и превратив его в закрытую от посторонних глаз кровать, кореец подозвал стюарда и попросил, чтобы его не беспокоили. Он улегся спать, пристегнув свою сумку с ноутбуком специальными наручниками к руке. Дронго довольно быстро поел и с удовольствием выпил стакан традиционного английского чая. После чего поднялся, решив немного размяться.

В салоне бизнес-класса было очень мало пассажиров. Пройдя чуть дальше, он остановился у лестницы, ведущей на следующий уровень, где размещался еще один салон для пассажиров бизнес-класса.

«Никогда не мог понять, каким образом самолеты летают, — подумал Дронго. — Видимо, у меня не хватает ни образования, ни фантазии, чтобы понять столь элементарные вещи. Хотя отец тоже говорил, что не мог уразуметь, каким образом передавали изображения астронавтов, находившихся на Луне. Наверное, есть вещи, недоступные обычным людям. Ясно, что все можно объяснить. Но когда в воздух одновременно поднимаются махина-самолет, полтысячи человек и несколько тонн груза, начинает казаться, что присутствуешь при сотворении чуда».

Повернув к своему салону, Дронго увидел сеньору Бонилью. Она направлялась к нему.

— Кажется, вашей даме не нравится, когда вы смотрите в мою сторону, — игриво заметила она.

— А почему вы решили, что эта дама — не моя жена? — спросил Дронго.

— Я слышала, когда вас приглашали на посадку. Сначала назвали вашу фамилию, а потом ее. Кажется, сеньора Вальдано. Она итальянка, а вы тоже из Италии?

— Почти.

Он не стал уточнять, откуда приехал. И, кажется, его собеседницу это вовсе не волновало.

— Меня обычно не отпускают одну, — гордо сообщила сеньора Бонилья. — Муж сходит с ума от ревности, поэтому мы всегда путешествуем вместе. Мы были на отдыхе, но его срочно вызвали в Мехико. Теперь мне приходится возвращаться одной.

— Почему через Нью-Йорк? — удивился Дронго. — Вы могли бы лететь сразу в Мехико.

— У нас сын учится в Нью-Йорке. И вообще Нью-Йорк — это город-мечта.

— Да, — согласился Дронго, — это действительно так.

— Вы знаете о клубе «ЭО»? — вдруг спросила она.

Дронго, стоя рядом с ней, чувствовал сладкий запах ее духов.

— «ЭО»? — переспросил Дронго. — Кажется, слышал. «Экстремальные ощущения», если не ошибаюсь?

— Да, — сказала сеньора Бонилья, подвигаясь к нему ближе. — В самолетах это обычно секс в воздухе. Вы меня понимаете? Мы могли бы подняться наверх. На это нужно не так уж много времени.

«Какая гадость», — подумал Дронго.

Конечно, перед ним была красивая, даже роскошная женщина. И в любое другое время он, возможно, принял бы подобное приглашение. Но так подло и грязно обманывать Джил он не может. Просто не хочет. Она ему слишком дорога, чтобы позволить себе уединиться даже с этой красивой женщиной.

— Простите меня, сеньора Бонилья, — пробормотал Дронго, — но я не могу ответить на ваше предложение.

— Испугались? — засмеялась она. — Опасаетесь вызвать ревность своей молодой подружки?

— Вовсе нет, — он понимал, что своим отказом оскорбляет женщину, и хотел найти более приемлемую форму. — Дело в том, что я лечусь от алкоголизма, — на ходу выдумал Дронго. — Принимаю специальные таблетки. Врачи запрещают мне пить и заниматься сексом в течение двух недель. Если вы оставите свой телефон, я с удовольствием вам позвоню, когда буду в Нью-Йорке.

— Как это печально! — воскликнула она. — Конечно, я дам вам свой номер телефона. И не волнуйтесь насчет болезни. Сейчас есть такие клиники! Позвоните в «Общество анонимных алкоголиков», и вам помогут. Там лечатся многие знаменитости Голливуда. А чем вы занимаетесь?

— Работаю юристом, — он не стал уточнять, чем именно занимается.

— В какой сфере? — не унималась она.

— В международной.

— Представляю, кто ваши клиенты, если вы летаете первым классом. Честно говоря, мы с мужем всегда летаем бизнес-классом, но он специально взял мне первый класс, чтобы я была в салоне одна. Обычно в этих салонах всего два-три пассажира, в основном бизнесмены, как наш кореец. Входят, отказываются от еды и напитков, сразу ложатся спать, а перед посадкой просыпаются. Бедняги. Я их могу понять, у них ведь вся работа так построена. Перелеты, встречи, снова перелеты.

— Да, — согласился Дронго.

— Как вы думаете, сколько лет Нилсону? — вдруг спросила она.

«Кажется, эта дамочка хочет стать почетным членом клуба «ЭО», — подумал Дронго. — Понятно, почему муж так ее ревнует».

Он вспомнил о невероятной встрече в апреле девяносто восьмого года в самом роскошном отеле Лондона «Дорчестере». Он приехал поздно и успел немного выпить. В хорошем настроении он вошел в холл и увидел сидящую в кресле роскошную женщину лет сорока пяти. Увидев Дронго, она улыбнулась ему, он улыбнулся в ответ. Подходя к лифту, он повернулся и снова улыбнулся. Женщина вдруг поднялась и направилась к нему. Дронго не поверил своим глазам. Стоя перед лифтом, она тихо спросила его, стоит ли ей подняться к нему. Эта женщина не могла быть проституткой. Это была почтенная дама, которой просто захотелось приключений. Но он не был готов к подобному, поэтому испуганно замотал головой. Створки лифта закрылись. Позже, когда он вспоминал об этом инциденте, перед ним вставало внезапно посеревшее лицо женщины. «В подобных ситуациях приличнее согласиться, чем отказаться», — каждый раз думал он, вспоминая тот случай.

— Нилсону лет тридцать, — чуть подумав, ответил Дронго. — Если хотите, я могу ему сказать, чтобы он пришел в этот салон.

— Конечно, — улыбнулась она. — Я хотела вас об этом попросить.

— Обязательно.

«В конце концов, это Нилсон сам должен решить, что ему делать. Оставаться со своей подружкой или идти к более зрелой матроне, у которой, кажется, легкое помешательство на почве секса. А может быть, ее муж интересуется своей рабстой больше, чем собственной женой?» — подумал Дронго.

Самюэль Нилсон и его подруга о чем-то спорили. Кажется, она на него обижалась. Дронго подошел ближе.

— Извините, — сказал он, — одна из наших

пассажирок находится во втором салоне. Может, вы выйдете? Она хочет с вами поговорить.

— Нужно выйти? — удивился Самюэль Нилсон.

— Пойдем, — обрадовалась Мелани. — Может, там что-то интересное.

Они вышли из салона. Дронго проводил их смеющимся взглядом. «Сеньора Бонилья меня убьет, — подумал он. — Если, конечно, она не любит секс втроем». Он снова устроился в кресле. Джил полулежала рядом, закрыв глаза. Услышав, что Дронго вернулся, она приоткрыла глаза, кивнула ему и снова закрыла. И в этот момент кто-то закричал...

ПРЕСТУПЛЕНИЕ

Дронго растерянно оглянулся. За его спиной не было супругов Кремер. Кореец поднял голову над креслом. Его явно разбудил шум. Поднявшись, он достал свой портфель. Из первого ряда на крик поспешил мистер Стритон.

— Что случилось? — тревожно спросил он.

— У меня пропали все драгоценности! — кричала Луиза Кремер. — Украли мое колье!

— У нее украли колье, — зычным голосом поддержал жену с трудом умещавшийся в проходе Фредерик Кремер. – Я не знаю, кто это сделал, но колье еще находится в самолете. Нужно его найти...

– Подождите! – вмешался Дронго. – Не нужно так нервничать. Постараемся что-нибудь предпринять.

К ним присоединились сеньора Бонилья и Сэм Нилсон с Мелани. У молодых был несколько смущенный вид, а сеньора Бонилья бросала гневные взгляды на Дронго.

К ним уже подходил стюард. Это был лысоватый мужчина лет тридцати пяти. Услышав крики, он поспешил, надеясь разрешить ситуацию.

– Что случилось, миссис Кремер? – испуганно спросил стюард.

В салонах первого класса стюарды обязаны знать фамилии пассажиров.

– У меня пропало колье, – громко заявила она. – Я пошла в туалет, чтобы умыться. Затем я вышла, а сумочку забыла там. Буквально через минуту, когда вспомнила, вернулась, но моего колье там уже не было.

– Мы его найдем, миссис Кремер, – заверил ее стюард. – Пройдите на свое место. Мы обязательно найдем ваше колье.

— Я подам на вас жалобу! — гневно заявил Фредерик Кремер. — Вы обязаны обеспечивать безопасность ваших пассажиров в салонах первого класса. Это не самолет, а бандитский притон!

Он еще несколько минут выкрикивал ругательства и угрожал санкциями, пока не появился командир авиалайнера в сопровождении старшего стюарда. Это был человек лет сорока, среднего роста, полный, с рыхлым, мягким лицом, совсем непохожий на профессионального летчика. Он скорее хорошо смотрелся бы за стойкой бара или на кухне. Но он был опытным командиром. Выслушав крики супругов Кремер, он поморщился и пояснил, что не имеет права обыскивать пассажиров. К этому времени стало известно, что никто из пассажиров второго салона не входил в первый, а между салонами находились два стюарда.

— Не нервничайте, мистер Кремер, — постарался успокоить разбушевавшегося пассажира командир. — Мы сообщим в полицию Нью-Йорка, и они проведут собственное расследование. Можете не беспокоиться, мы обязательно найдем ваше колье. Если оно еще на борту лайнера, оно не исчезнет. Мы проверим багаж всех пассажиров первого класса, просветим каждого рентгеном. Все будет в порядке.

— Никакого порядка нет и не будет, — прохрипел Кремер. — Меня уже ничто не удивляет. Если в салоне первого класса могут пропадать вещи, то остается только летать на собственных самолетах.

Стюард вновь начал разносить шампанское.

— Сколько стоит ваше колье? — спросил уставший спорить командир.

— Больше пятидесяти тысяч долларов, — гневно заявил Кремер. — И вы думаете, что мне вернут эти деньги? Вернет ваша компания?

— Не знаю, сэр, — командир был явно расстроен тем, что все эти неприятности произошли в его смену. — Ваше колье хотя бы застраховано?

— Разумеется! — крикнул Кремер, покраснев. Он достал платок и вытер лоб. — Неужели вы думаете, что мы могли не застраховать такую ценную вещь? Нужно проверить багаж каждого пассажира нашего салона. Личный багаж.

— Мы не имеем права, сэр, устраивать личный обыск пассажиров, — возразил командир. — Но я обещаю вам, что мы сообщим о краже в полицию еще до того, как прибудем в Нью-Йорк.

— Я подам на вас жалобу! — не сдавался Кремер.

Командир лишь развел руками. Дронго сел на свое место. Джил наклонилась к нему:

— Ну, что вы думаете по этому поводу, мистер детектив? Кто мог стянуть колье?

— Кто угодно, — ответил Дронго, — любой из этой компании. Но я не умею гадать. У меня пока слишком мало фактов.

Пассажиры искоса поглядывали друг на друга. В салоне воцарилась атмосфера подозрительности и недоверия. Стюарды продолжали разносить шампанское и напитки.

— Я им покажу! — не унимался Кремер. — Они думают, что им все сойдет с рук. Наверняка кто-то пробрался из салона бизнес-класса и украл колье.

— Там стоят стюарды, — возразил Дронго, повернувшись к нему. — Оттуда никто не мог пройти незамеченным.

— Тогда кто? — вспылил Кремер.

— У меня пропало еще и кольцо, — заявила его супруга.

— Не нужно на меня кричать, — обратился Дронго. — А что за кольцо?

— Небольшое кольцо от парижского ювелира Жана Мика, — пояснила миссис Кремер. — Обидно, что оно пропало. Мы везли его в подарок дочери на свадьбу. А колье я собиралась надеть во время торжественной церемонии. Думала ли я...

— Очень сожалею, — пробормотал Дронго.

— Уважаемые господа! — раздался голос капитана. — Просим всех соблюдать спокойствие. Через два часа мы прибываем в Нью-Йорк, в аэропорт имени Джона Кеннеди.

— Еще смеет что-то говорить... — гневно проворчал Кремер.

И в этот момент черный пудель, сидевший в сумке миссис Стритон, громко залаял. Все повернули головы в сторону собаки. Но пудель, неожиданно выскочив из сумки, побежал в конец салона.

— Джерри! — закричала миссис Стритон. — Джерри, иди сюда!

Но пудель уже миновал первый салон. Миссис Стритон вскочила и побежала за ним. Муж поспешил ей на помощь. Самюэль Нилсон, поднявшись с кресла и указывая на убегающих, громко рассмеялся:

— Бегают, как зайцы.

Мелани поднялась, пытаясь усадить его в кресло, но он вскочил и, поспешив за убежавшей собакой, едва не упал на корейца. Пробормотав извинения, он пошел дальше, но супруги уже успели перехватить пуделя во втором салоне и теперь возвращались на свои места через другой выход. Мелани, догнав своего друга, усадила его в кресло. Было видно, что он перепил. «Странно, — подумал Дронго, — ведь он почти не прикасался к спиртному».

В этот момент Кремер снова поднялся со своего места.

— Нужно проверить личный багаж всех пассажиров первого класса, — снова начал он. — Успокойся, Луиза, — обратился он к плачущей супруге. — Мы обязательно вернем твое колье, не расстраивайся. К тому же помни: оно было застраховано.

Он вышел из салона. Все смотрели ему вслед. Кореец покачал головой и что-то пробормотал. Затем взял стоящий перед ним бокал с апельсиновым соком и выпил его содержимое в два глотка. Внезапно он побледнел, схватился за горло, захрипел и начал валиться на бок.

— Доктора! — крикнула, бледнея от ужаса, Луиза Кремер. — Произошло убийство! Доктора!

Джил испуганно охнула. Дронго вскочил и бросился к упавшему. Тот хрипло и тяжело дышал. Конвульсии сотрясали его тело. Внезапно он обмяк и затих. Дронго прощупал его пульс и сказал:

— Он умер.

— Давайте его приподнимем, — предложила миссис Стритон. — Я врач, мне нужно его осмотреть.

— Ему уже не нужна помощь, — возразил Дронго.

— Вы врач? — строго спросила она. — А если нет, то не мешайте. Отцепите его сумку и наручники. Постараемся помочь ему.

Дронго, пощупав карманы погибшего, нашел ключ. Отсоединив от наручников сумку, он оставил ее в кресле, а сам положил несчастного на пол. Миссис Стритон наклонилась к нему. Все столпились вокруг. Нилсон продолжал глупо улыбаться.

— Что с ним, Джоди? — спросил муж.

— Он умер, — сообщила она, поднимаясь с пола.

Сеньора Бонилья начала читать молитву.

— Я знала, что все этим кончится! — закричала вдруг Мелани, обращаясь к своему другу. — Я знала, что нам не нужно было лететь, Сэм. И я говорила тебе об этом.

— Успокойся, — пробормотал некрепко стоящий на ногах Нилсон. — О чем ты говоришь?

— Я тебе говорила, что мы не должны были

брать этот выигрыш. Мне это сразу не понравилось, Сэм, — плакала Мелани.

Джил обняла ее за плечи.

— Не нужно плакать, — попыталась она успокоить молодую женщину.

Появились Кремер и командир авиалайнера.

— Я же говорил, что здесь орудует банда! — гневно заявил Кремер. — И я настаиваю: нужно обыскать багаж всех пассажиров.

— У нашего пассажира мог случиться сердечный приступ, — возразил командир. — Но доподлинно все станет известно, когда прибудем в Нью-Йорк. А пока прошу всех сохранять спокойствие.

— Чтобы еще кого-то убили?! — Кремер уже не владел собой. — Вы этого хотите?

— Пришлите сюда двух стюардов, — приказал капитан. — Пусть они постоянно находятся в этом салоне. Больше, к сожалению, я ничего не могу сделать, господа.

— Нужно проверить личные вещи каждого пассажира, — настаивал Кремер.

— Только после того, как на борт поднимутся представители нью-йоркской полиции, — отрезал командир.

Два стюарда перенесли тело погибшего в коридор и накрыли простыней. После чего встали у дверей салона, словно два охранника. Джил усадила Мелани рядом с собой. Ту била дрожь. Дронго подошел к Нилсону. Тот тоже был в плохом состоянии.

— Как вы себя чувствуете? — спросил его Дронго.

— Ничего, — кивнул ему Сэм, — теперь уже лучше. Немного лучше, спасибо.

— Вы принимаете наркотики... — догадался Дронго.

— Мы с Мелани живем в Голландии, а там они разрешены, — пожал плечами Нилсон.

— Давно живете?

— Уже четыре года.

— А каким образом оказались в Лондоне?

— Выиграли билеты в лотерею, — пояснил, улыбаясь, Нилсон.

— Как это — выиграли?

— Вот так. Мы купили билеты одной благотворительной лотереи и оказались победителями. Один из наших билетов оказался счастливым. Мы сначала не поверили, когда нам сообщили, что мы выиграли два авиабилета в салон первого класса по маршруту Лондон – Нью-Йорк. Вот мы и решили лететь в Нью-Йорк. Когда еще у нас будет такая возможность?

– Вы сказали: нам сообщили, – не понял Дронго. – Вам сообщили о выигрыше?

– Конечно. Это была благотворительная лотерея, и все номера записывались. Было известно, что будет какой-то необыкновенный приз. И такой выигрыш выпал нам.

– Поздравляю, – улыбнулся Дронго. – Действительно здорово.

Снова раздался гневный голос Кремера:

– Когда мне принесут воды? Или я должен умереть от жажды, как этот пассажир, чтобы обо мне наконец вспомнили?!

Стюард поспешил к рассерженному мистеру Кремеру со стаканом воды. Тот ее выпил залпом.

– Будьте осторожны, – негромко посоветовал Дронго. – Наш сосед неожиданно умер после того, как выпил сок.

Кремер икнул от ужаса. И уставился на Дронго:

– Что вы такое говорите?

– Просто советую проявлять осторожность. Если ваше колье было застраховано, то я не думаю, что ваши потери будут слишком велики. А вот с водой нужно быть осторожнее.

Кремер отмахнулся и посмотрел на сидевшую в слезах жену. Сеньора Бонилья развела руками:

— До конца рейса я не буду ни есть, ни пить. Кто бы мог подумать, что здесь могут убить человека?.. Вы думаете, его убили?

— Я пока ничего не знаю, сеньора, — тихо ответил Дронго. — Но вы правильно решили. Лучше ничего не есть и не пить до приземления в Нью-Йорке.

Так как Мелани заняла его место, Дронго сел в одно из свободных кресел. Закрыв глаза, он подумал, что, похоже, притягивает к себе преступления. А не могло ли все это быть случайностью? Он начал перебирать в памяти все, что произошло с момента их посадки на рейс. И вдруг увидел рядом с креслом брошенную кем-то газету. Газета... Он снова закрыл глаза. Все выстраивалось в одну цепочку. Не хватает только колье. И тогда эта цепь будет законченной.

РАЗОБЛАЧЕНИЕ

Через час самолет приземлился в аэропорту Кеннеди. Прибывшие сотрудники полиции и ФБР дали разрешение пассажирам покинуть самолет. Всем, кроме пассажиров первого класса.

Даже предварительный осмотр тела погибшего корейца указывал, что Кима Гвана Су отравили. Выяснилось, что несчастный представлял известные ювелирные компании: он был их агентом в Великобритании.

Каждого выходившего из самолета пассажира первого класса проверяли на наличие металла. К удивлению сотрудников ФБР, в сумке Сэма Нилсона были обнаружены колье и кольцо с надписью «Дорогой дочери от мамы и папы». Нилсон был арестован. На него надели наручники. После чего специальный агент ФБР и капитан полиции предложили пассажирам салона собраться в зале. Здесь же были и члены экипажа злополучного рейса. Нилсон в наручниках с мрачным видом сидел в углу. Его охраняли двое полицейских. Мелани к нему не подпускали, поэтому она плакала на расстоянии.

— Мы нашли ваше колье, мистер Кремер, — сообщил капитан полиции, высоко подняв колье и кольцо. — Очевидно, ваш сосед мистер Нилсон воспользовался оплошностью вашей супруги. Вы подтверждаете, что обе эти вещи принадлежат вам?

— Конечно! — воскликнул Кремер. — Я же говорил: мы летели на свадьбу дочери. Бракосочетание состоится сегодня вечером. Я надеюсь, вы разрешите нам забрать наши вещи. А утром мы можем вернуться и дать показания. Этот мерзавец наверняка убил и нашего соседа, только непонятно зачем.

— Понятно, — возразил капитан. — Мы нашли бумажник Кима Гвана Су в его сумке. В общем, все ясно. Ваши ценности мы вам вернем, но потом вы должны будете их сдать на время судебного разбирательства как вещественные доказательства.

— Вернем обязательно, — подтвердил Кремер и посмотрел на супругу.

Она кивнула. В ее глазах снова стояли слезы.

Миссис Стритон, прижав к себе собачку, поцеловала ее в голову. Мистер Стритон сурово кивал на каждое замечание капитана полиции. Сидевшая рядом с ним Мерседес Бонилья опасливо косилась на Нилсона и шептала молитвы, благодаря бога за то, что не оставил ее наедине с убийцей. Безутешная Мелани прижималась к плечу Джил.

Вдруг Дронго поднялся и, подойдя к сотруднику ФБР, начал его в чем-то убеждать. Тот недоуменно посмотрел на Дронго, но затем, видимо согласившись с его доводами, кивнул и вышел из комнаты. Капитан полиции передал колье и кольцо мистеру Кремеру и крепко пожал ему руку.

— Нужно было позвать журналистов, — сказала растроганная сеньора Бонилья.

— Я всегда верил в американское правосудие, — пафосно заявил мистер Кремер, вытирая вспотевший лоб.

— Извините, — сказал Дронго, заметив, что Кремеры хотят выйти из зала. — Я займу ваше внимание еще на несколько минут.

— В чем дело? — не понял Кремер.

— Подождите, — сказал Дронго. — Я хотел бы рассказать вам о некоторых своих наблюдениях.

Выйдя на свободное пространство перед первым рядом кресел, он оглядел присутствующих.

— Еще когда мы были в зале ожидания, я обратил внимание на то, что вместе с пассажирами, которые обычно летают первым классом, появилась странная пара — Самюэль Нилсон и Мелани Кэлсорп. Достаточно было взглянуть на них, чтобы понять, насколько трудно им было найти такие огромные деньги, чтобы совершить перелет в Америку первым классом. Мои подозрения подтвердил Нилсон, рассказав о благотворительной лотерее, в которой они выиграли два авиабилета. Самое интересное, что им кто-то позвонил и сообщил об этом выигрыше. И я подумал: кто-то был очень заинтересован в том, чтобы эта пара попала именно на этот рейс.

Пристрастие Нилсона и его подруги к наркотикам, очевидно, не было секретом для тех, кто организовал подобное шоу. Меня также удивило, что в этом салоне, где обычно бывает не больше двух-трех пассажиров, о чем мне говорила и сеньора Бонилья, оказалось десять человек. И особенно заинтересовали меня семейные пары.

Фредерик и Луиза Кремер сидели за моей спиной и спорили по поводу колье. Спорили достаточно громко — так, что это услышали не только мы с Джил, но и сеньора Бонилья. А затем неожиданно выяснилось, что колье и кольцо пропали. Все было рассчитано таким образом, чтобы потом эти ценности были обнаружены в сумке не вполне адекватно представляющего себе реальность Нилсона. Он был в таком состоянии, что вряд ли мог сознательно украсть эти вещи и положить в свою сумку. Именно это и входило в планы тех, кто придумал эту аферу.

Сеньора Бонилья оказала аферистам ненужную «услугу». Она попросила меня вызвать Нилсона во второй салон, а я был вынужден это сделать, хотя рядом с ним была Мелани. Разумеется, она отправилась вместе с ним, чем несколько нарушила планы преступников. Господин Кремер все просчитал правильно: сначала они с женой громко говорят о своих драгоценностях, якобы внесенных или не внесенных в таможенные деклараций. Я даже полагаю, что внесенных. На самом деле у них могло быть поддельное колье — фальшивка, которую они затем спрятали где-то в салоне или выбросили. Их интересовало совсем другое колье: то, что было в сумке, прикованной наручниками к руке Кима Гвана Су.

Перед тем как заснуть, он приковал к себе сумку с ноутбуком, в котором, очевидно, был не только его компьютер, но и очень дорогое колье. Я обратил внимание, как он, проснувшись, сразу бросился проверять сумку. Если там находился только ноутбук, то почему несчастный кореец так волновался? Ведь по весу сумки можно было догадаться, что компьютер на месте. Значит, там лежало колье, которое сейчас передали мистеру Кремеру.

Чтобы провести такую операцию, одной пары было бы мало. Мистер Кремер отвлекал своими криками всех присутствующих, а супруга ему помогала. Однако я вспомнил про нашего симпатичного пуделя, который сидел спокойно все время полета, а потом вдруг залаял и убежал. Именно в тот момент, когда супруги Стритон догоняли свою собачку, кто-то из них бросил яд в стакан Кима Гвана Су. Обратите внимание: супруги вернулись в салон с другой стороны и прошли мимо кресла, где сидел Нилсон.

Я думаю, можно смело утверждать: две пары, которые были в нашем салоне, задумали и осуществили убийство Кима Гвана Су, чтобы похитить колье, которое он вез в Нью-Йорк. Уверен: если мы задержим наших пассажиров до вечера, то точно узнаем о ценностях, которые были у погибшего корейца. А Самюэль и Мелани выполнили роль подставки. По замыслу преступников, на них можно было свалить убийство корейца и хищение ценностей.

Все было продумано до мелочей. Однако аферисты не ожидали, что здесь окажемся мы с Джил и сеньора Бонилья. Но мистер Кремер решил использовать нас в качестве свидетелей, для чего помог жене разыграть спектакль. Однако в импровизации мистер Кремер оказался не очень силен. Он допустил одну существенную ошибку.

— Какую ошибку? — прохрипел Кремер, наливаясь кровью.

Он слушал, замерев, словно Дронго его загипнотизировал.

— Рассказывая о своих ценностях, вы говорили по-английски, — пояснил Дронго, — тогда как на вашем портфеле есть логотип австрийского банка, кроме того, у вас австрийские паспорта. Согласитесь, было бы логичнее говорить о своих секретах по-немецки, а не по-английски — этот язык знаем мы с Джил и сеньора Бонилья. Я вспомнил, что во время посадки вы, проходя мимо тележки с прессой, взяли газеты на английском и немецком языках. А затем посмотрели, какие газеты беру я, определив таким образом, каким языком я владею.

— Это всего лишь домыслы, — спокойно возразил мистер Стритон. — У вас нет доказательств.

— Верно, — согласился Дронго. — Это только мои наблюдения. Хотя я думаю, что главный организатор и исполнитель убийства именно вы. Между прочим, ваша супруга оделась богато, но несколько вычурно. Нельзя носить костюм от Дольче-Габбана с обувью от Феррагамо. Это моветон, мистер Стритон, и люди, которые летают первым классом, об этом хорошо знают.

— Все это — наглая ложь, — громко сказал мистер Кремер, воодушевленный молчанием своего сообщника.

В этот момент в зал вошел сотрудник ФБР.

— Извините, мистер Кремер, — сказал он, улыбаясь. — Я только что говорил с Веной и с настоящим мистером Кремером. Он и не подозревал, что у него есть дочь в Америке. Я думаю, вам нужно сдать ценности и задержаться у нас на некоторое время.

— Господи! — прошептала Мелани.

— Снимите наручники с мистера Нилсона, — распорядился капитан полиции.

Все посмотрели на Стритона. Он сидел в своем прекрасно сшитом костюме и растерянно улыбался.

— Такие мелочи... — прошептал он с горечью. — Вы испортили гениальную комбинацию, которую я разрабатывал пять лет. Пять лет — и такие мелочи... Несчастный наркоман, понравившийся этой самке, придурок Кремер, не понявший, что нужно говорить на немецком. И моя супруга, так вычурно одевшаяся. И вы сумели все разгадать. Скажите, кого мы должны благодарить за это?

— Меня обычно называют Дронго, — слегка поклонился он. — Я думаю, вам нужно кому-то отдать вашего чудесного пуделя. Уж он-то ни в чем не виноват.

И Дронго подмигнул собачке, которая смотрела на него и не понимала, почему все присутствующие так напряженно слушают пассажира, который летел вместе с ними из Лондона.

СОДЕРЖАНИЕ

Литературно-художественное издание

МАЭСТРО ДЕТЕКТИВА ЧИНГИЗ АБДУЛЛАЕВ

Абдуллаев Чингиз Акифович

**ДРОНГО БЕЗЖАЛОСТЕН,
ИЛИ ОКОНЧАТЕЛЬНЫЙ ДИАГНОЗ**

Ответственный редактор *А. Дышев*
Художественный редактор *А. Сауков*
Технический редактор *О. Куликова*
Компьютерная верстка *Т. Жарикова*
Корректор *Е. Дмитриева*

Иллюстрация на обложке *М. Селезнева*

ООО «Издательство «Эксмо»
127299, Москва, ул. Клары Цеткин, д. 18/5. Тел. 411-68-86, 956-39-21.
Home page: **www.eksmo.ru** E-mail: **info@eksmo.ru**

Подписано в печать 28.12.2011.
Формат 70x90 $^{1}/_{32}$. Гарнитура «Петербург».
Печать офсетная. Усл. печ. л. 11,67.
Тираж 4000 экз. Заказ № 374

Отпечатано с готовых файлов заказчика
в ОАО «Первая Образцовая типография»,
филиал «УЛЬЯНОВСКИЙ ДОМ ПЕЧАТИ»
432980, г. Ульяновск, ул. Гончарова, 14

ISBN 978-5-699-54734-0

9 785699 547340 >

Русский шансон
Колычев
Ночная бабочка. Кто же виноват?
Русский шансон
Колычев
Постой, паровоз!